EL VERANO
DE LOS CISNES

Betsy Byars

TRADUCCIÓN
M. Juncal Ancín

ILUSTRACIONES
Ted Coconis

Primera edición:
noviembre de 1984

Segunda edición:
febero de 1990

Tercera edición:
septiembre de 1991

Cuarta edición:
marzo de 1992

Quinta edición:
noviembre de 1992

Sexta edición:
septiembre de 1993

Séptima edición:
diciembre de 1993

Título original inglés: *The summer of the swans*

© Betsy Byars, 1970
Published by arrangement with Viking Penguin Inc, New York
© La Galera, S. A. Editorial, 1984
por la edición en lengua castellana
Diseño de la colección: Claret Serrahima

Depósito legal: B. 35.550-1993
Printed in Spain
ISBN: 84-246-8609-9

La Galera, S.A. Editorial
Diputació, 250 · 08007 Barcelona
Impreso por Gersa, I.G.
Tambor del Bruc, 6 · 08970 Sant Joan Despí

UNO

Sara Godfrey estaba sentada en la cama atando un pañuelo al perro, Boysie.

—¿Te importaría mantener la barbilla alta, Boysie? —le dijo mientras se apoyaba sobre un codo.

El perro era viejo. Siempre adormecido, estaba echado sobre su costado con los ojos cerrados mientras ella le levantaba la cabeza y le ataba el pañuelo.

Su hermana Wanda estaba sentada frente al tocador peinándose. Dijo:

—¿Por qué no dejas en paz a Boysie?

—Ya termino —contestó Sara sin levantar la vista.

—¿Quieres ver una función?

—No mucho.

—Se titula «Las mil caras de Boysie».

Sara mostró al perro con el pañuelo cuidadosamente atado por debajo de la barbilla y dijo:

—¡La primera cara de Boysie, magníficamente realizada para su entretenimiento y distracción es: «La campesina rusa»! ¡Chan-ta-ta-channn!

—Deja en paz al perro.

—A él le gusta actuar en las funciones, ¿verdad Boysie?

Desató el pañuelo, lo dobló de nuevo y lo puso cuidadosamente sobre la cabeza del perro.

—¡Y ahora, para ver la segunda cara de Boysie, viajaremos alrededor del mundo hasta el misterioso Oriente donde veremos a Boysie, «El enigmático hindú»! ¡Chan-ta-ta-channn!

Con un suspiro, Wanda se giró y miró al perro.

—Es horrible. En la edad de las personas este perro tiene ochenta y cuatro años.

Agitó un atomizador y se roció el pelo.

—Y además, ése es mi pañuelo bueno.

—Vale, está bien.

Sara se dejó caer pesadamente sobre la almohada.

—¡Aquí no se puede hacer nada!

—Bueno, si te vas a poner triste, veré la función.

—Ya no quiero repetirla. Ahora no tiene gracia. Este lugar huele como una fábrica de perfume.

Se puso el pañuelo sobre la cara y miró fijamente a través del fino tejido azul. Boysie estaba de nuevo tumbado a su lado hecho una pelota. Durante un instante ninguno de los dos se movió, luego Sara se sentó en la cama y se miró sus larguiruchas piernas. Dijo:

—Tengo los pies más grandes de mi escuela.

—En serio, Sara, espero que no vayas a empezar a enumerar tus mil y un defectos, porque no quiero volver a oírlos otra vez.

—Pero es verdad lo de mis pies. Una vez en el gimnasio, Ed empezó a tirar las zapatillas de las chicas y Bull Durham cogió las mías y se las puso, ¡y le iban perfectas! ¿Cómo te parece que sienta llevar el mismo número de calzado que Bull Durham?

—La gente no se fija en esas cosas.

—¡Ya!

—No, de verdad. Yo tengo unas manos horribles, mira mis dedos, sólo que no voy diciendo por ahí todo el tiempo: «Mirad mis rechonchos dedos, tengo los dedos rechonchos», para que todo el mundo se entere. Simplemente deberías olvidarte de tus defectos. La verdad es que todo el mundo está tan preocupado con sus imperfecciones que...

—Es muy difícil ignorar que tienes los mismos pies que Bull Durham cuando éste está bailando por todo el gimnasio con tus zapatillas puestas. Ni tan siquiera se habían ensanchado lo más mínimo cuando se las quitó.

—Por si te sientes mejor, tú calzas el mismo número que Jacquie Kennedy Onassis.

—¿Cómo lo sabes?

—Porque una vez cuando iba a entrar en un templo hindú, tuvo que dejar sus zapatos fuera y algunos periodistas miraron el número que calzaba.

Sara se acercó mucho al espejo y se miró los dientes.

—Sus pies parecen más pequeños.

—Es porque no lleva zapatillas de color naranja.

—Me gustan mis zapatillas naranja.

Sara se sentó en el borde de la cama, metió sus pies en las zapatillas y las enseñó.

—¿Qué les pasa?

—Nada, sólo que si quieres esconder algo no lo pintas de naranja. Me tengo que ir. Frank está al llegar.

Wanda salió y Sara podía oír cómo se dirigía a la cocina. Se tumbó otra vez en la cama con la cabeza cerca de Boysie. Miró al adormilado perro, después se tapó la cara con las manos y empezó a llorar escandalosamente.

—Boysie, Boysie, estoy llorando —gimió.

Hace años, cuando Boysie era un perro joven, no podía soportar que nadie llorase. Sara no tenía más que fingir que lloraba y Boysie venía corriendo, gañía, la tocaba con sus patas y lamía sus manos hasta que callaba. Ahora permanecía tumbado con los ojos cerrados.

—Boysie, estoy llorando —dijo de nuevo—, esta vez estoy llorando de verdad. Boysie, no me quieres.

El perro se movió inquietamente sin abrir los ojos.

—Boysie, Boysie, estoy llorando; estoy tan triste, Boysie —susurró.

Entonces se calló y se sentó de golpe.

—No te importa nadie, ¿verdad Boysie? Cualquiera podría llorar hasta reventar y no te importaría.

Se levantó y salió de la habitación. En el vestíbulo, oyó a su espalda los golpecitos de las patas de Boysie al caminar y dijo sin mirarlo:

—Ahora no te quiero, Boysie. ¡Vete a la habitación! ¡Vete!

Siguió andando y como el perro continuaba detrás, se dio la vuelta y lo miró:

—Por si no lo sabes, Boysie, se supone que un perro debe animar a las personas, acudir corriendo, acariciarlas con el hocico y hacer que se sientan mejor. Tú, lo único que quieres es tumbarte en rincones calientes y esconder huesos dentro de casa porque eres demasiado perezoso para salir fuera. Ya está bien, ¡vuelve a la habitación!

Empezó a entrar en la cocina, todavía seguida por Boysie, que no podía soportar que lo dejaran solo; entonces oyó a su tía y a Wanda discutir, cambió de idea y salió al porche.

Detrás suyo, Boysie arañaba la puerta. Ella lo dejó salir.

—¡Y ahora deja de seguirme!

Su hermano Charlie estaba sentado en el primer peldaño y Sara se sentó a su lado, enseñó los pies, se los miró y dijo:

—Me gustan mis zapatillas naranja, ¿a ti no, Charlie?

Él no contestó. Había estado comiendo un pirulí, se le había caído el palo y ahora estaba intentando meterlo de nuevo en el caramelo rojo. Había tratado de ponerlo durante tanto tiempo que el palo se había doblado.

—Trae —le dijo Sara—, yo te lo pongo.

Le colocó el palo y se lo dio en la mano.

—Ahora ten cuidado.

Permaneció sentada sin hablar durante un rato, luego se miró los pies y exclamó:

—¡Odio estas zapatillas naranja, las odio!

Se apoyó contra la barandilla del porche de manera que él no pudiera verla y dijo:

—Charlie, te voy a comentar algo. Éste ha sido el peor verano de mi vida.

No sabía exactamente la causa. Hacía las mismas cosas que el año pasado: ir caminando a la lechería con su amiga Mary, hacer de niñera para la señora Hodges, ver la televisión; pero todo era distinto. Era como si su vida fuese un calidoscopio enorme, le hubieran dado la vuelta y ahora todo hubiera cambiado. Las mismas piedras, removidas, no siempre forman el mismo dibujo.

Pero no era simplemente un dibujo distinto, un cambio; los había a cientos. Nunca podía estar realmente segura de nada este verano. Un instante era feliz y al siguiente, sin ningún motivo, se sentía triste. Hacía una hora que le gustaban sus zapatillas; ahora las odiaba.

—Charlie, te voy a decir a qué se parece este verano horrible. ¿Te acuerdas cuando el asqueroso Jim Wilson te cogió en el columpio, te empujaba arriba y abajo, luego te mantuvo en el aire durante mucho tiempo, de pronto te dejó caer de golpe y no podías escapar y pensaste que nunca podrías? Arriba y abajo, arriba y abajo, para el resto de tu vida. Bueno, pues a eso se parece mi verano.

Charlie le dio el caramelo y el palo.

—Otra vez no —se lo quitó—. Por si te interesa, este caramelo está tan pringoso que no quiero ni tocarlo.

Le puso de nuevo el palo y se lo dio.

—Ahora escucha, si se vuelve a salir, entérate Charlie Godfrey, lo tiro.

DOS

Charlie miró el palo, se lo llevó a la boca, sacó el caramelo y el palo y escondió ambos en la mano. Sara había dicho que tiraría el caramelo si esto ocurría otra vez; por eso cerró su puño fuertemente y miró a otro lado.

Lentamente empezó a arrastrar los pies de acá para allá en el escalón. Había hecho esto tantas veces al cabo de los años que había dejado dos surcos en la madera. Era un hábito nervioso que mostraba que estaba preocupado por algo, y Sara se dio cuenta en seguida.

—Está bien, Charlie —le dijo en un tono de aburrimiento—; ¿dónde está el caramelo?

Él empezó a menear su cabeza despacio, de un lado a otro. Sus ojos estaban fuertemente cerrados.

—No voy a tirarlo. Te lo pondré bien una vez más.

Charlie no se atrevía a confiar en ella y siguió meneando la cabeza. El movimiento era constante y mecánico, como si fuera a durar siempre, y Sara lo miró un momento.

Entonces, con un suspiro, levantó su mano e intentó mirar entre sus dedos aflojados.

—Oye, Charlie, estás guardando ese mugriento caramelo como si fuera una joya o algo por el estilo. Ya vale.

Abrió los ojos y miró mientras ella le cogía el caramelo y le ponía el palo. Ahora estaba muchísimo más doblado y Sara se lo dio con mucho cuidado.

—Así.

Charlie cogió el pirulí y lo sujetó sin llevárselo a la boca, todavía preocupado por la inestabilidad del palo doblado. Sara se miró las manos y empezó a tirar de una uña rota. Ahora había algún parecido entre ambos: la misma cara alargada, redondos ojos castaños, pelo castaño que caía sobre la frente, pecas en la nariz. Entonces Charlie levantó la vista y desapareció el efecto.

Todavía sostenía el caramelo, miró a través del patio y vio la tienda de campaña que había construido por encima de la cuerda de tender la ropa esa mañana. Había llevado una vieja manta blanca al patio, la había colgado de la cuerda baja y se había metido debajo. Se había sentado allí con la manta golpeándolo hasta que salió Sara y le dijo:

—Charlie, tienes que sujetar las puntas así. No es una tienda si simplemente está suspendida en el viento.

A él ya se le había ocurrido que algo estaba mal. Esperó debajo de la tienda hasta que ella volvió con algunas pinzas y las clavó con un martillo en la dura tierra, asegurando las puntas de la manta al suelo.

—Ahora, esto sí es una tienda.

La tienda le había gustado. El calor del sol que llegaba a través de la fina manta de algodón, las sombras de los árboles moviéndose sobre su cabeza le habían hecho sentirse amodorrado y cómodo; ahora quería volver otra vez a la tienda.

Sara había empezado a hablar de nuevo del verano, pero él no la escuchaba. Por el tono de su voz, podía saber que realmente no le hablaba a él. Se levantó lentamente y empezó a andar a través del patio en dirección a la tienda.

Ella lo miró mientras caminaba. Era de estatura pequeña para sus diez años, llevaba unos pantalones vaqueros descoloridos y un jersey de punto a rayas que estaba estirado y deformado. Sostenía el caramelo delante suyo como si se tratara de una vela que pudiera apagarse en cualquier momento.

Sara le dijo:

—No dejes caer tu caramelo a la hierba o se perderá.

Siguió mirándolo mientras se inclinaba, se arrastraba dentro de la tienda y se sentaba. El sol estaba ahora detrás de ésta y Sara podía ver su silueta. Con mucho cuidado se metió otra vez el caramelo en la boca.

Entonces ella se apoyó de nuevo en las duras tablas del porche y miró al techo.

TRES

CAGE ELEM. LIBRARY

D entro de la casa, Wanda y tía Willie seguían discutiendo. Sara podía oír todo lo que decían, incluso encontrándose en el porche. Tía Willie, que cuidaba de ellos desde la muerte de su madre hacía seis años, estaba diciendo en voz muy alta:

—¡No, no en una motocicleta! ¡Una motocicleta, no!

Sara hizo un gesto raro. No sólo le molestaba el tono de voz de su tía Willie, sino todo: la manera en que les daba órdenes, el hecho de que nunca les escuchaba realmente, el que nunca se interesara por lo que ella decía. Una vez habló tan fuerte que todo el mundo en la farmacia del señor Carter se enteró de que ella necesitaba una buena dosis de magnesia.

—No es una motocicleta, es una *scooter* —le decía

Wanda con mucha paciencia, como si hablase a un niño—. Son muy parecidas a las bicicletas.

—No.

—Lo único que quiero es andar menos de un kilómetro en esa moto que es completamente segura.

—¡No, rotundamente no!

—Frank tiene siempre mucho cuidado. Nunca ha sufrido el más mínimo accidente.

No hubo respuesta.

—Tía Willie, es totalmente segura. Frank lleva a su madre a la tienda en la moto. Además, soy lo suficientemente mayor como para ir sin permiso y me gustaría que te dieras cuenta de ello. Tengo diecinueve años.

No hubo respuesta. Sara sabía que tía Willie se mantendría firme moviendo sistemáticamente la cabeza de un lado a otro.

—Tía Willie, va a llegar de un momento a otro. Viene hasta aquí únicamente para llevarme al lago a ver los cisnes.

—No tienes ni el más mínimo interés en ver esos cisnes.

—Claro que sí, me gustan los pájaros.

—Pues esos cisnes están en el lago desde hace tres días y todavía no has ido a verlos. Ahora, de pronto, *tienes* que ir; no puedes perder ni un minuto para subir a esa maldita motocicleta e ir a ver los cisnes.

—Para que te enteres, estaba deseando ir a verlos y ésta es mi primera oportunidad.

Wanda salió de la cocina y tiró de la puerta oscilante que se cerró tras de sí.

—Y voy a ir —dijo por encima del hombro.

Salió de la casa, cerró la puerta de golpe, pasó por encima de Boysie y se sentó con Sara en lo alto de la escalera.

—Nunca quiere que nadie se divierta.

—Ya lo sé.

—Me hace sentirme tan insensata. Lo único que quiero es ir a ver los cisnes en la moto de Frank.

Miró a Sara y le preguntó:

—¿Dónde se ha metido Charlie?

—Está ahí, en su tienda.

—Ya lo veo. ¡Ojalá Frank se dé prisa y llegue antes de que salga tía Willie!

Se levantó, miró calle abajo y se sentó de nuevo en los escalones.

—¿Te he contado lo que dijo ese chico sobre Charlie en clase de psicología el curso pasado?

—¿Qué chico?

—Ese Arnold Hampton, en clase de psicología. Estábamos hablando de los niños que...

—¿Quieres decir que hablas de Charlie con extraños?, ¿en tu clase? Me parece horrible.

Sara puso sus pies en los surcos que Charlie había hecho en el peldaño.

—¿Qué les dices?: «Os voy a hablar de mi hermano retrasado». ¿Es tan interesante?

Era la primera vez en su vida que Sara usaba el término «retrasado» relacionado con su hermano y miró rápidamente la silueta que se dibujaba en la tienda blanca. De pronto, se sofocó y cortó una hoja del rododendro, junto al escalón, y se la puso contra la frente.

—Oye, Sara, yo no digo eso, tú...

—Y sigues diciendo: «Y ya que os estoy hablando de mi hermano retrasado, os voy a hablar también de mi problemática hermana».

Sara se llevó la hoja a los labios y la sopló enfadada.

—Pues no. No digo eso porque tú no eres tan fascinante, por si te interesa. Además, da la casualidad de que el padre de Arnold Hampton es pediatra y está muy interesado en trabajar con chicos como Charlie. Incluso está colaborando para hacer una colonia a la que Charlie podría ir el próximo verano, y todo porque hablé de él en mi clase de psicología.

Wanda suspiró.

—¿Eres imposible, sabes? No sé por qué intento contarte cosas.

—Bueno, Charlie es nuestro problema.

—Es problema de todos. No hay... ¡Oh! Ahí viene Frank.

Cortó la conversación y comenzó a andar.

—Di a tía Willie que volveré más tarde.

Empezó a bajar con rapidez la senda, saludando con la mano al chico que venía despacio calle arriba en una moto verde.

CUATRO

—¡**E**spera!, ¡espera! ¡Te he dicho que esperes!
Tía Willie vino al porche secándose las manos con un trapo de cocina. Se quedó en lo alto de las escaleras hasta que Frank, un chico delgado y pelirrojo, paró el motor de su moto. Cuando éste bajó de un golpe el soporte, ella gritó:

—Frank, ahórrate unos pasos. Wanda no va a ninguna parte en esa moto.

—Venga, tía Willie —dijo Frank.

Él abrió la puerta del jardín y se acercó despacio por la senda.

—Sólo vamos a ir al lago. No tenemos que coger la autopista.

—Motocicletas no —dijo—, tú puedes partirte el cuello

si quieres, no es mi problema, pero Wanda está a mi cuidado y no se lo va a partir en ninguna moto.

—Nadie se va a partir el cuello. Simplemente, vamos a dar un inofensivo paseo hasta el lago. Luego, daremos la vuelta y volveremos sanos y salvos.

—No.

—Le voy a proponer algo —dijo Frank—, haré un trato con usted.

—¿Qué trato?

—¿Nunca ha montado en una moto?

—¿Yo?, ni tan siquiera en una bicicleta.

—¡Inténtelo!, ¡vamos! La llevaré hasta la casa de los Tennents y volveremos. Luego, si cree que no es segura, me dice: «Frank, no es segura», entonces cogeré mi moto y desapareceré.

Ella dudó. Había algo en el paseo que la atraía.

Sara dijo mientras apretaba los labios contra la hoja del rododendro:

—No creo que debieras. Eres demasiado vieja para andar calle arriba y abajo en una moto.

En seguida se dio cuenta de qué había dicho lo que no debía. Inmediatamente, tía Willie se volvió hacia ella enfadada.

—¡Demasiado vieja!

Entonces, se enfrentó con Sara indignada:

—Apenas tengo cuarenta años, ¡que me parta un rayo si miento!

Se acercó más, levantando la voz.

—¿Quién dice que soy tan vieja?

Sostenía el trapo de cocina frente a sí como un torero toreando un toro. El trapo dio un capirotazo en el aire.

—Nadie ha dicho que seas vieja —exclamó Sara en un tono de hastío.

Tiró la hoja al suelo y luego la quitó de los escalones con el pie.

—¿Dónde has oído lo de mi edad?, me gustaría saberlo.

—Ya vale —interrumpió Frank—, no es tan vieja como para no montar en moto.

—De acuerdo.

Tiró el trapo sobre la silla y bajó las escaleras.

—Me romperé la crisma, pero lo haré.

—Agárrate bien, tía Willie —gritó Wanda.

—¡Agárrate! Oye, mis manos nunca se han agarrado a nada como lo van a hacer a esta moto —bromeó.

Entonces dijo a Frank:

—Nunca he montado en uno de esos cacharros, créeme.

—Es como un cochecito de niño motorizado, tía Willie.

—¡Uf!

—Va a ser un espectáculo —dijo Wanda.

Entonces gritó:

—¡Eh, Charlie!

Esperó hasta que éste mirara fuera de la tienda y dijo:

—Mira a tía Willie. Va a andar en moto.

Charlie miró a tía Willie sentada a la inglesa en la parte de atrás de la moto.

—¿Lista? —preguntó Frank.

—Estoy más lista que nunca, créeme. ¡Vamos!, ¡vamos!

Sus palabras se elevaron hasta convertirse en un grito agudo cuando Frank movió la moto, giró y empezó a bajar la colina. Su chillido agudo como el grito de un pájaro quedó suspendido en el silencio.

—¡Frank, Frank, Frank, Frankeeeeee!

Con el primer grito, Charlie se tambaleó alarmado por la desaparición de tía Willie colina abajo. Cuando recobró el equilibrio, se agarró a un lado de la tienda, haciendo que el otro se soltara del suelo y se quedara colgando de la cuerda. Luego tropezó y recobró el equilibrio otra vez.

Wanda lo vio y dijo:

—Todo va bien, Charlie, se está divirtiendo, le gusta; todo está bien.

Ella cruzó el patio, le cogió de la mano y lo llevó a las escaleras.

—¿Qué tienes en la mano?

—Es de un pringoso caramelo rojo —dijo Sara—. Yo también me he manchado.

—Vamos al grifo para que te lave las manos. En seguida vuelve tía Willie.

Frente a la casa de los Tennents, Frank estaba dando la vuelta a la moto apoyándose sobre un pie, y tía Willie dejó de gritar justo el tiempo de llamar a los Tennents.

—¡Bernie, Migde!, ¡mirad quién va en una moto!

Luego empezó a gritar de nuevo cuando Frank comenzó a subir la colina. Cuando llegaron, los gritos de tía Willie habían cesado para empezar a bromear.

—¡Uf!, ¡qué vieja soy!, ¡qué vieja! —todavía bromeando, se bajó de la moto.

—Está sana y salva, tía Willie —dijo Frank.

Para ganar tiempo, Wanda empezó a bajar la senda mientras se sacudía el agua de las manos.

—¿Entonces puedo ir, tía Willie?

—¡Vete!, ¡vete! —dijo medio bromeando, medio regañando—. Se trata de tu cuello, rómpetelo si quieres.

—No se tiene que preocupar por su cuello, sino por mis brazos —dijo Frank—. De verdad, tía Willie, no circula por ellos ni una sola gota de sangre.

—Venga, ¡adelante!, ¡adelante!

—Vamos, pequeña —dijo Frank a Wanda.

Tía Willie fue al lado de Sara y ambas vieron cómo Wanda se montaba en la parte de atrás de la moto. Mientras Wanda y Frank se alejaban, tía Willie se burló otra vez y dijo a Sara:

—Pronto te irás tú también con un chico en una motocicleta.

Sara, que había estado sonriendo, dejó de hacerlo y se miró las manos.

—No creo que tengas que preocuparte por eso.

—¡Uf! Sabes, todo llegará. Serás como Wanda, ya lo verás.

—¿No ves que no me parezco en nada a Wanda?

Sara se sentó de golpe y puso sus labios entre las rodillas.

—Somos tan distintas. Wanda es cien veces más guapa que yo.

—Las dos sois iguales. A veces en la cocina te oigo y creo que se trata de Wanda, para que veas lo parecidas que sois. ¡Que me lleven los demonios si noto la diferencia!

—Tal vez nuestras voces se parezcan, pero eso es todo. Yo puedo imitar las voces de cientos de personas. Escucha esto y adivina quién es: ¡N-B-C! ¡Bonito y céntrico Burbank!

—No estoy de humor para adivinanzas. Quiero que volvamos a nuestra conversación inicial. Déjame decirte que la apariencia no es importante. Tuve una hermana tan guapa que no te lo puedes ni imaginar.

—¿Quién?

—Frances.

—No era tan guapa, yo la vi y...

—Cuando era joven sí. Más bonita de lo que puedas suponer, pero tan demonio y...

—El aspecto es *demasiado* importante. Los padres siempre están diciendo que lo que cuenta no es la apariencia.

Lo he oído toda mi vida: «La apariencia no es importante, la apariencia no es importante» ¡Ya! Si quieres saber lo importante que es, déjate el pelo muy largo y ponte mucha sombra de ojos y oirás los silbidos.

Sara se levantó de repente y dijo:

—Creo que iré andando a ver los cisnes yo también.

—Pero todavía no hemos terminado esta conversación, jovencita.

Sara se dio la vuelta, miró a tía Willie y esperó con las manos metidas en los bolsillos de atrás.

—No importa —dijo tía Willie cogiendo su trapo de cocina y sacudiéndolo—, también puedo conversar con este trapo como si fuera contigo cuando pones esa cara. ¡Vete a ver los cisnes! ¡Eh, Charlie! ¿Quieres ir con Sara a ver los cisnes?

—Se cansará —dijo Sara.

—Entonces, anda despacio.

—Nunca puedo hacer nada sola. Tengo que llevarlo a todas partes. Yo me ocupo de él todo el día y Wanda toda la noche. En toda la casa sólo tengo un cajón para mí. *¡Sólo uno!*

—Levanta, Charlie. Sara te va a llevar a ver los cisnes.

Sara le miró a los ojos y le dijo:

—Venga.

Entonces lo arrastró hacia ella.

—Espera, queda algo de pan de la cena.

Tía Willie corrió a la casa y volvió con cuatro panecillos.

—Cógelos, toma, deja a Charlie que dé de comer a los cisnes.

—Bueno, Charlie, vamos o anochecerá antes de que lleguemos al lago...

—No le lleves de prisa, Sara, ¿me oyes?

—No lo haré.

Cogido de la mano de Sara, Charlie andaba despacio por la senda. Dudó en la puerta del jardín y luego salió con ella. Mientras caminaban colina abajo, hacía ruido con los pies al arrastrarlos sobre el asfalto.

CINCO

Cuando su tía ya no podía oírles, Sara dijo:
—Tía Willie cree que lo sabe todo. Me pone mala oír lo parecida que soy a Wanda, cuando ella es hermosa; lo creo de verdad. Si pudiera parecerme a alguien en este mundo, me gustaría parecerme a ella.

Sara dio un puntapié a unas hierbas altas que estaban a un lado del camino:
—Y te puedo decir que sí importa la apariencia.

Ella caminaba delante enfadada, entonces esperó a Charlie y le dio la mano otra vez.
—Yo creo que el aspecto es lo más importante del mundo. Si pareces mona, lo eres; si pareces elegante, lo eres y si no pareces nada, entonces no eres nada. Escribí en una redacción sobre este tema en el colegio, sobre la apariencia como lo más importante del mundo y me

pusieron una D, ¡una D!, que es una nota muy mala. Después de la clase, el profesor me llamó y me dijo las cosas de siempre, que las apariencias no importan y que algunas de las personas más feas del mundo eran las más elegantes, amables e inteligentes.

Pasaban por delante de la casa de los Tennents cuando alguien encendió la televisión y se oía cantar a Eddie Albert: *«Greeeeeen acres is....»* antes de que bajaran el volumen. Charlie se paró al reconocer el comienzo de uno de sus programas favoritos; miró a Sara y esperó.

—¡Vamos! —dijo Sara—. Y además estaba esa chica que se llama Thelma Louise en mi clase de inglés, que escribió una hoja entera que se titulaba «Hacer a la gente feliz» y tuvo una A, ¡una A!, que es la mejor nota que puedes sacar. Fue horrible. Thelma Louise es una chica guapa, con el pelo rubio y naturalmente pestañas rizadas, ¿qué puede saber ella? Además, una vez Hazel fue a su casa y dijo que la alfombra frente al espejo de su habitación estaba gastada porque estaba todo el tiempo mirándose en él.

Sara suspiró y siguió andando. La mayoría de las casas las habían construido demasiado juntas como si esto diera una mayor seguridad y a cada lado se levantaban las colinas de West Virginia, negras ahora con las primeras sombras de la noche. Las colinas eran, como lo habían sido durante cientos de años, tierra de accidentados bosques, excepto la franja de canteras abierta al norte de las colinas, cortados los árboles y removidas las tierras, formando precipicios antinaturales de tierra clara, como lavada.

Sara se detuvo. Estaban ahora frente a la casa de Mary Weicek y dijo a su hermano:

—Espera un minuto. Voy a hablar con Mary.

Sara podía oír el tocadiscos de Mary y deseaba estar en su habitación, echada sobre la colcha de motas rosas, escuchando su interminable colección de discos.

—¡Mary! —gritó—, ¿quieres venir al estanque con Charlie y conmigo a ver los cisnes?

Mary salió a la ventana.

—Espera, ahora voy.

Sara esperó en la acera hasta que Mary vino al patio.

—No puedo ir porque mi prima está aquí y va a cortarme el pelo —dijo Mary—. Oye, ¿compraste el vestido ayer?

—No.

—¿Por qué no? Creí que tu tía te había dicho que sí.

—Claro que lo hizo, pero cuando fuimos a la tienda y vio lo que costaba dijo que era una tontería pagar tanto por un vestido cuando ella podía hacerme uno igual.

—¡Qué pena!

—Sí, porque desgraciadamente ella no sabe hacer uno igual, sino sólo parecido. ¿Te acuerdas que las rayas se unían en diagonal en la parte delantera del vestido? Bueno, pues ella ya lo ha cortado y no se junta ni una sola raya.

—¡Oh, Sara!

—Yo veía mientras lo cortaba que las rayas no se iban a unir y le estuve diciendo: «No está bien, tía Willie, las rayas no se van a encontrar», y mientras yo gritaba ella seguía cortando con las tijeras y decía entre dientes: «Las rayas se encontrarán, las rayas se encontrarán», luego lo levantó con aire triunfal y no se unía ninguna.

—Es horrible, porque me acuerdo que cuando me enseñaste el vestido, la forma en que las rayas se encontraban era lo que le daba su encanto.

—Ya lo sé. Ahora hace que una mitad de mi cuerpo parezca seis centímetros más corta que la otra mitad.

—Oye, ¿por qué no entras a ver cómo mi prima me corta el pelo?

—No puedo, he prometido a tía Willie que llevaría a Charlie a ver los cisnes.

—Bueno, entra sólo un momento para ver cómo me lo va a cortar; tiene una revista entera con modelos de peinados.

—Vale, pero sólo un minuto. Tú, Charlie, siéntate aquí.

Ella señaló las escaleras.

—Muy bien, y ahora no te muevas, ¿me oyes? No te muevas de este escalón. No te pongas ni tan siquiera de pie.

Después entró en la casa con Mary diciendo:

—En serio, sólo me puedo quedar un minuto porque tengo que llevar a Charlie a ver los cisnes y debo volver a casa para teñir mis zapatillas de tenis.

—¿Cuáles?

—Esas horribles cosas naranja. Hacen que parezca el Pato Donald o algo por el estilo.

SEIS

Charlie, sentado en medio de este repentino silencio, se encorvó sobre sus rodillas en el primer escalón. Le pareció que el mundo entero daba un vuelco cuando Sara entró en casa de los Weicek. No se movió durante mucho tiempo. Sólo se oía el tic-tac de su reloj.

El reloj le proporcionaba un gran placer. No sabía ni las horas ni los minutos, pero le gustaba oírlo y mirar cómo la manecilla roja se movía en la esfera marcando los segundos. Siempre se acordaba por la mañana, después del desayuno, de pedir a tía Willie que le diera cuerda. Charlie estaba ahora con los brazos cruzados sobre las piernas mirando el reloj.

Se sentía muy solo. Siempre le pasaba lo mismo cuando se encontraba en un lugar extraño; por eso, se giró en seguida para ver si era Sara cuando oyó que se abría la puerta. Al ver a la señora Weicek y a otra mujer, se dio la vuelta y miró su reloj. Al encorvarse, asomó medio círculo de carne pálida entre la parte de atrás de su camisa y sus pantalones.

—¿Quién es ese niño, Allie?

La señora Weicek contestó:

—Es el hermano de Sara, Charlie. Recuerda que ya te he hablado de él. Es el que no puede hablar. No ha dicho ni una sola palabra desde que tenía tres años.

—¿No habla nada en absoluto?

—Si lo hace, nadie le ha oído nunca desde su enfermedad. Entiende lo que se le dice y va al colegio; dicen que sabe escribir el alfabeto, pero no puede hablar.

Charlie no las oyó. Puso su oído contra el reloj y escuchó el tic-tac. Había algo en el rítmico sonido que siempre lo tranquilizaba. El reloj era algo mágico cuyo ruido minúsculo y sus movimientos podían ahogar todo el vociferante mundo.

La señora Weicek dijo:

—Pregúntale la hora, Ernestine. Está tan orgulloso de su reloj! Todo el mundo le pregunta la hora.

Sin esperar ni un segundo le dijo:

—¿Qué hora es, Charlie?, ¿qué hora es?

El chico se dio la vuelta y obediente extendió el brazo en el que llevaba el reloj.

—¡Dios mío, son más de las ocho! —exclamó la señora Weicek.

—Gracias, Charlie. Siempre informa a la gente de la hora. No sé cómo nos podríamos arreglar sin él.

Las dos mujeres se sentaron en las mecedoras del porche y se mecieron lentamente de acá para allá. El ruido de éstas y el rechinar de las maderas del suelo hizo que Charlie se olvidara por un momento del reloj. Se levantó despacio y se quedó de pie mirando calle arriba.

—Siéntate, Charlie, y espera a Sara —le ordenó la señora Weicek.

Sin mirarla siquiera, empezó a andar hacia la calle.

—Charlie, Sara quiere que la esperes.

—Tal vez no te oye, Allie.

—Me oye perfectamente. Charlie, espera a Sara.

Después gritó:

—Sara, tu hermano se va.

Sara se asomó a la ventana de arriba y dijo:

—Está bien, Charlie, ahora voy. ¿Puedes esperar un minuto? Mary, tengo que irme.

Corrió fuera de la casa y cogió a Charlie del brazo.

—¿Por qué vas a casa? ¿No quieres ver los cisnes?

Charlie se quedó de pie sin mirarla.

—Francamente, te dejo solo un minuto y te vas. Venga, vamos.

Sara le tiró del brazo con impaciencia.

Mientras empezaban a bajar juntos la colina, saludó con la mano a Mary que estaba en la ventana y dijo a Charlie:

—Espero que los cisnes merezcan la pena después de tantas molestias... Bueno, probablemente llegaremos allí y ya se habrán ido —añadió.

Caminaron en silencio y luego Sara indicó:

—Aquí es donde empezamos a caminar campo a través.

Sara esperó a que su hermano pasara con mucho cuidado la estrecha zanja y luego caminaron uno al lado del otro por el campo, mientras daba puntapiés de forma inquieta a la alta hierba.

SIETE

Había algo extraordinariamente hermoso en los cisnes: su blancura, su elegancia en ese lago oscuro, la increíble agilidad de sus movimientos hizo que Sara contuviera la respiración mientras que Charlie y ella rodeaban el pinar.

—Ahí están, Charlie.

Sara podría decir en qué momento preciso los vio Charlie porque le apretó la mano; era la primera vez desde que había salido de casa de Mary que le agarraba realmente la mano, después la aflojó.

—Ahí están los cisnes.

Los seis cisnes parecían inmóviles en el agua, sus cuellos estaban igualmente arqueados, de manera que parecía que había un solo cisne que se reflejaba cinco veces.

—Ahí están los cisnes —volvió a decir Sara.

Tuvo la sensación de que le gustaría seguir así, enseñando los cisnes a Charlie durante el resto del verano. Los seguía con la mirada mientras se impulsaban lentamente en el agua.

—¡Eh, Sara!

Miró a través del lago y vio a Wanda y a Frank que habían venido por la carretera.

—Oye, Sara, di a tía Willie que Frank y yo vamos a casa de su hermana a ver a su hijo recién nacido.

—De acuerdo.

—Llegaré a casa a las once.

Luego vio cómo Wanda y Frank montaban en la moto. Con el ruido, los asustados cisnes cambiaron de dirección y se dirigieron hacia Sara. Charlie y ella se acercaron más al lago.

—Los cisnes vienen hacia acá, Charlie. Creo que te ven.

Durante un rato, miraron en silencio mientras el ruido de la moto se desvanecía. Entonces, Sara se sentó en la hierba con las piernas al estilo yoga y cogió un palo que metió en una de sus zapatillas naranja.

—Siéntate, Charlie. No te quedes ahí de pie.

El muchacho se sentó con dificultad en la hierba formando un ángulo con las piernas. Sara partió un trozo de pan y se lo echó a los cisnes.

—Ahora vendrán aquí —dijo—, les encanta el pan.

Luego se paró, se metió un trozo de pan en la boca y se quedó sentada mascándolo durante un rato.

—Vi los cisnes cuando volaban hacia aquí, ¿lo sabías Charlie? Estaba en el porche el viernes pasado y miré hacia arriba; pasaban en ese momento por encima de casa; eran tan graciosos, parecían sartenes con sus cuellos estirados.

Sara dio a su hermano un panecillo.

—Toma, da de comer a los cisnes. Mira, fíjate, así.

Sara lo miró y dijo:

—No, Charlie, trozos pequeños; los cisnes los tragan más fácilmente. No, ahora son demasiado pequeños. Eso es sólo una migaja. Así.

Ella lo miró mientras echaba pan al estanque; entonces dijo:

—¿Sabes dónde viven los cisnes la mayor parte del tiempo? En la universidad, que es una escuela grande y justo en medio hay un lago. Viven ahí. Sólo a veces, sin ningún motivo, los cisnes deciden volar y van a otro estanque o a otro lago. Éste es la mitad de bonito que el de la universidad, pero aquí están.

Sara dio a Charlie otro panecillo.

—Bueno, eso es lo que piensa Wanda, porque los cisnes se han ido de la universidad.

Charlie se dio la vuelta, insinuando que quería otro panecillo para los cisnes y ella le dio el último. Lo echó en el agua en cuatro trozos grandes y puso otra vez la mano para que le diera otro.

—Ya no hay más. Eso es todo.

Sara le enseñó sus manos vacías. Uno de los cisnes se zambulló en el agua y luego salió para sacudir sus plumas. Entonces se deslizó sobre el agua. Los demás cisnes le siguieron lentamente, metiendo sus largos cuellos dentro del agua para coger los trozos de pan que quedaban.

Sara se inclinó y puso sus manos sobre los hombros de

Charlie. Su cuerpo parecía fofo, como si nunca se hubieran utilizado sus músculos.

—Los cisnes son siempre iguales —dijo—. Nadie puede distinguirlos.

Empezó a frotar la espalda de Charlie cuidadosamente. De pronto, se paró y le dio una palmadita en el hombro.

—Venga, vamos a casa.

Charlie permanecía sentado, inmóvil, mirando todavía los cisnes al otro lado del lago.

—¡Vamos, Charlie!

Sara sabía que la había oído, pero no se movía.

—¡Vamos!

Ella se puso de pie y lo miró. Le extendió la mano para ayudarle a levantarse, pero ni tan siquiera le prestó atención y siguió observando los cisnes.

—Venga, Charlie. Mary va a venir a casa para ayudarme a teñir mis zapatillas.

Sara lo miró otra vez, luego cogió una hoja y la tiró al agua. Esperó, metió sus manos en los bolsillos de atrás y repitió cansada:

—Vamos, Charlie.

Éste empezó a menear la cabeza de un lado a otro sin mirarla.

—Mary va a venir a ayudarme a teñir mis zapatillas y si tú no te mueves, no tendremos tiempo y terminaré llevando esas horribles zapatillas de Pato Donald todo el año. ¡Vamos!

Charlie continuó balanceando la cabeza.

—Por eso no quiero llevarte nunca a ninguna parte, porque no quieres volver a casa cuando te lo digo.

Empezó a agarrarse a la hierba alta con los dedos a ambos lados, como si esto pudiera ayudarle en el caso de que ella intentara ponerlo de pie.

—Me estás enfadando, ¿sabes?

Charlie no la miró y ella suspiró diciendo:

—Vale, si me quedo cinco minutos más, ¿querrás venir entonces?

Ella se agachó y se lo explicó en su reloj.

—Hasta que llegue aquí. Cuando la manecilla grande llegue aquí, nos iremos a casa, ¿de acuerdo?

Él asintió con la cabeza.

—¿Lo prometes?

Charlie volvió a asentir.

—Está bien.

Había un árbol que caía sobre el agua y Sara se apoyó en él.

—Charlie, ahora quedan cuatro minutos —le dijo.

El muchacho ya había empezado a menear la cabeza otra vez mientras observaba a los cisnes deslizándose sobre el agua oscura.

Mirando al cielo, Sara empezó a mover el pie adelante y atrás en la densa hierba.

—Charlie, dentro de un mes habrá terminado el verano —le comentó sin mirarle—, y me alegraré mucho.

Hasta ese año parecía que su vida había transcurrido con una igualdad rítmica. Los primeros catorce años de su vida parecían iguales. Había querido a su hermana sin envidia, a su tía sin fijarse en su ordinariez, a su hermano sin compasión. Ahora todo estaba cambiando. Se estaba llenando de descontento, se enfadaba consigo misma, con su vida, con su familia; todo esto le hacía pensar que nunca volvería a sentirse feliz.

Se giró y miró a los cisnes. Las repentinas e inesperadas lágrimas en sus ojos hicieron borrosas las imágenes de los cisnes, sólo eran círculos blancos, y parpadeó. Entonces dijo en voz alta:

—Tres minutos, Charlie.

OCHO

S ara estaba tumbada en su cama con la luz apagada cuando Wanda entró en la habitación aquella noche. Llevaba un viejo pijama de su padre con las mangas cortadas y las perneras enroscadas. Observaba cómo su hermana se movía despacio por la habitación cuando tropezó con la silla del tocador. Cojeando, Wanda abrió la puerta del armario y encendió la luz.

—Si quieres, puedes encender la otra luz, estoy despierta —dijo Sara—. Cuéntame, ¿lo has pasado bien, Wanda?

—Sí.

—¿Pudiste ver al niño?

—Es tan mono; no creerías lo que se parece a Frank.

—¡Pobre niño!

—No, es una preciosidad, de verdad, con rizitos pelirrojos en la cabeza.

Wanda se desnudó rápidamente, apagó la luz y se metió en cama al lado de Sara. Alisó su almohada y miró al techo.

—Frank es tan agradable, ¿no te parece?

—No está mal.

—¿No te gusta?

Wanda se apoyó sobre un codo y miró a Sara con su gran pijama a rayas.

—He dicho que no está mal.

—Bueno, ¿qué es lo que no te gusta de él?

—No he dicho que no me guste.

—Ya lo sé, pero ¿qué es lo que no te gusta?

—En primer lugar, que nunca hace el más mínimo caso a Charlie. Cuando subió antes, ni tan siquiera le habló.

—Probablemente no lo vio dentro de la tienda. De todas formas, Charlie le cae bien, me lo ha dicho, ¿y qué más?

—Nada, sólo que es siempre tan artificial, la forma en que te llama pequeña y te echa esas miradas de actor de cine tan expresivas.

—Me encanta que me llame pequeña. Espera a que alguien te llame así.

—Me gustaría saber quién podría llamarme así..., tal vez un gigante.

—¡Sara!

—Pues soy más alta que todas las personas que conozco.

—Ya encontrarás a alguien.

—Sí, tal vez si tengo suerte encontraré a alguien de un misterioso y lejano país donde a los chicos les gustan las chicas altas y flacas con los pies grandes y la nariz curva. Fíjate, en las películas siempre, incluso si la acción se desarrolla en el país más misterioso y lejano del mundo, donde las mujeres bailan con pantalones de gasa y sostenes de hojalata, éstas siguen siendo pequeñas y hermosas.

Y continuó diciendo:

—Da igual, odio a los chicos. Todos son una gran nada.

—Sara, ¿qué te ocurre?

—Nada.

—Venga, cuéntamelo. ¿Qué es lo que no va bien?

—No lo sé. Me siento fatal.

—¿Físicamente?

—Ahora no empieces a hacerte la enfermera.

—Sólo quiero saber lo que te pasa.

—Físicamente nada, simplemente que estoy muy mal. Tengo ganas de gritar y de patalear y me apetece saltar y arrancar las cortinas y romper las sábanas y hacer agujeros en las paredes. Me gustaría sacar mi ropa del armario y quemarla y...

—Bueno, ¿por qué no lo intentas para ver si te sientes mejor?

—Porque no podría.

Levantó la sábana y observó cómo se hinchaba de aire y después caía sobre su cuerpo. Sentía como el tejido se posaba en la parte desnuda de sus piernas.

—Me siento como si no fuera nada.

—Sara, todo el mundo se siente así algunas veces.

—No como yo. Yo no soy nada. No soy mona, ni

guapa, ni bailo bien, ni soy elegante, ni tampoco popular. No soy nada.

—Eres una buena friegaplatos.

—¡Cállate! No creo que tenga gracia.

—Bueno...

—Da la impresión de que quieres hablar conmigo y de pronto empiezas a hacerte la graciosa. Siempre me haces lo mismo.

—Ya no diré más tonterías, venga sigue.

—Si pudieras ver a algunas de las chicas de mi escuela, sabrías lo que quiero decir. Parecen modelos. Van tan a la moda y siempre están invitadas a las fiestas y bailes por unos diez chicos y cuando bajan al vestíbulo, todo el mundo se gira y las mira.

—Esas chicas están en su esplendor en los primeros años de instituto. Parecen mujeres maduras en tercero con sus complicados peinados y la raya de los ojos, y cuando llegan a la universidad ya parecen gastadas.

—Bueno, yo no me tengo que preocupar por parecer gastada.

—Creo que debe ser muy triste lograr lo mejor de tu vida en un instituto.

—Chicas, dejad de discutir —gritó tía Willie— desde su habitación. Os oigo desde aquí.

—No estamos discutiendo —contestó Wanda—, sólo estamos sosteniendo una pequeña y tranquila charla.

—Conozco una discusión cuando la oigo, creedme. He oído muchas y ahora mismo estoy oyendo una. Callaos y dormid.

—Está bien.

Permanecieron en silencio durante un rato y luego dijo Sara:

—El mejor momento de mi vida tuvo lugar en tercero cuando fui monitora.

Wanda se echó a reír.

—Sólo date un poco de tiempo.

Cogió la radio, la encendió y esperó hasta que animó un poco el ambiente.

—Frank me va a dedicar una canción en el programa de Diamond Jim —le dijo—, ¿te molesta la radio?

—No.

—Pues a mí sí me molesta —gritó tía Willie desde su habitación—. Tal vez vosotras podáis dormir con la radio puesta y la gente discutiendo, pero yo no.

—Acabo de encender la radio, tía Willie, casi tengo que poner la oreja sobre la mesilla para poder oírla —exclamó bruscamente—. ¿Cuál era esa dedicatoria? ¿La has oído?

—Para todas las chicas del segundo piso de Arnold Hall.

—¡Oh!

—Ahora va en serio —gritó tía Willie—, dormíos las dos. Wanda, tú tienes que levantarte temprano para llegar a la hora a tu trabajo en el hospital, aunque Sara se pueda quedar todo el día en la cama.

—Me gustaría saber cómo podría quedarme todo el día en la cama si me levanto a las ocho —se quejó Sara.

—Tía Willie, sólo quiero oír mi dedicatoria y luego nos dormiremos.

Hubo un silencio.

Sara se echó sobre su costado con la sábana ligeramente envuelta alrededor de su cuerpo y cerró los ojos. Ahora no tenía sueño. Oía la música de la radio y el ruido de la habitación contigua a la suya, donde Charlie daba vueltas en la cama para encontrar postura. Se puso la almohada sobre la cabeza, pero no por ello dejó de oír los ruidos. Aunque parecía mentira, los golpes inquietos de la habitación de Charlie daban la impresión de ser aún más fuertes.

Charlie no dormía bien. Cuando tenía tres años, tuvo dos enfermedades seguidas, de fiebres muy altas, que casi acabaron con su vida y que dañaron su cerebro. Después permaneció en la cama callado e inmóvil. A Sara le chocaba que el pálido niño sustituyera al caliente, sofocado y angustiado. Los brillantes ojos de antes, luego casi no podían seguir lo que había delante suyo y sus manos nunca se extendían, ni tan siquiera cuando Sara le ponía encima su perro de felpa favorito, Guau. Casi nunca lloraba, nunca reía. Parecía como si Charlie quisiera compensar todos esos años apáticos en la cama no volviendo a dormir.

Sara oía cómo golpeaba con su pie en la pared. Era algo que acostumbraba a hacer continuamente durante horas, un ruido débil que nadie parecía oír excepto ella, que dormía junto a la pared. Suspirando, puso otra vez la almohada debajo de la cabeza y miró al techo.

—Ésa era mi dedicatoria, ¿la has oído? —susurró Sara.— «A la pequeña, de Frank.»

—Para vomitar.

—Bueno, pues a mí me parece dulce.

Los golpes contra la pared cesaron, luego empezaron de nuevo. Era un ruido al que Sara se había acostumbrado, pero esa noche parecía más fuerte que nunca. Empezó a pensar que éste había sido el primer movimiento de Charlie después de su larga enfermedad, el golpear inquieto con un pie, un movimiento débil que apenas se podía notar debajo de las mantas, pero esa noche parecía hacer temblar toda la casa.

—No me digas que no lo oyes —le dijo a Wanda—. No entiendo cómo todos insistís en que no oís los golpes de Charlie contra la pared.

Hubo un silencio.

—Wanda, ¿estás dormida?

Nuevo silencio.

—Francamente, no comprendo cómo la gente se puede dormir cuando quiere. Wanda, ¿de verdad estás dormida?

Esperó una respuesta, después se enroscó la sábana alrededor del cuello y se dio la vuelta mirando hacia la pared.

NUEVE

E n su habitación, Charlie estaba tumbado en la cama golpeando todavía con el pie en la pared. No estaba dormido, sino mirando fijamente al techo, viendo cómo se movían en él las sombras. Nunca podía dormir con facilidad, pero esa noche estaba inquieto porque le faltaba un botón de su pijama y le resultaba imposible dormir. Había enseñado a tía Willie el lugar donde le faltaba el botón cuando se iba a la cama, pero ella le había dado una palmadita en el hombro y le había dicho: «lo coseré mañana» y se había ido otra vez a ver un concurso en la televisión.

—¡Qué te parece! —estaba diciendo tía Willie para sí—. Nunca van a adivinar el nombre. ¿Cómo pueden ser tan tontos los famosos?

Se había inclinado hacia delante y gritaba a los concursantes:

—Clark Gable. Es Clark Gable.

Y añadió:

—¿Nunca han oído hablar de alguien que trabaja en un almacén? Es un «clerk»*, Clerk Gable. ¡El nombre es *Clerk Gable!*

Charlie le tocó el hombro e intentó enseñarle de nuevo el pijama.

—Lo coseré mañana, Charlie.

Con la mano le indicó que se fuera.

El chico fue una vez mas a la cocina donde estaba Sara tiñendo sus zapatillas de tenis en el fregadero.

—A mí no me lo enseñes —dijo—, ahora no puedo mirar nada. Mary, deja de burlarte de mis zapatillas de tenis.

—No puedo evitarlo. Están tan pringosas.

Sara las sacó del fregadero con dos cucharas.

—Ya sé que están pringosas, pero deberías haberme dicho que las zapatillas de tenis de color naranja no se podían teñir de azul celeste. Mira esto, es el color más horrible que has visto en tu vida. Admítelo.

—Lo admito.

—Bueno no tienes por qué admitirlo tan rápido. Deberían advertir en la etiqueta que el naranja no se puede teñir de azul celeste.

—Ya lo dice.

—Bueno, deberían ponerlo en letras grandes. Mira estas zapatillas. Debe de haber un nombre horrible para este color.

* *clerk,* en inglés de EE.UU., dependiente, empleado.

—Hay uno —dijo Mary—. Pulga.

—¿Qué?

—Color pulga.

—Mary Weicek, te lo has inventado.

—No, de verdad, es un color.

—Nunca he oído una palabra que describa algo mejor, pulga. Estas zapatillas parecen color pulga, ¿verdad?

Sara las dejó sobre unos periódicos.

—Ahí se quedan. Charlie, vete de aquí por favor o te voy a teñir a ti también.

El niño dio un paso atrás llevando todavía frente a sí la chaqueta del pijama. A veces, cuando no podía conseguir que le atendieran, hacía cualquier cosa. Cogió del brazo a Sara y ésta se encogió de hombros indiferente.

—Charlie, a mí también me faltan botones. Vete a la cama.

Lentamente, con un gran disgusto, se fue a su habitación y se metió en cama. Allí, empezó a tirar intranquilo del ojal sin botón hasta que el tejido empezó a rasgarse y continuó tirando hasta que toda la parte delantera superior de su pijama se había desgarrado y colgaba. Ahora sujetaba la chaqueta cerrada en parte con sus manos y miraba al techo.

Era la una y Charlie llevaba tumbado tres horas.

Oyó fuera un ruido, y por primera vez se olvidó de su pijama. Dejó de golpear la pared con el pie, se sentó y miró por la ventana. Había algo blanco en los arbustos. Podía ver cómo se movía.

Soltó el pijama y se agarró fuertemente al umbral de la ventana porque creyó que había visto fuera a uno de los cisnes volando lentamente entre las ojas. El recuerdo de su dulce tranquilidad en el agua vino a su memoria y lo reconfortó.

Saltó de la cama y se quedó de pie en la otra ventana. Oyó maullar a un gato y vio el gato blanco de los Hutchinson, que vivían al lado, pero no le prestó la más mínima atención. Los cisnes permanecían en su mente con tanta fuerza que no podía ni tan siquiera imaginar que hubiera podido ser sólo un gato.

Todavía seguía buscando los cisnes con la mirada y apretó su cara contra el cristal. Su belleza, su blancura, su suavidad, su mudo esplendor, le impresionaron profundamente y deseó estar otra vez en el lago, sentado en la densa hierba, echando pan a los cisnes que lo esperaban.

De pronto se le ocurrió que el cisne de fuera había venido a buscarle y con una leve pero alegre sonrisa dio la vuelta a la cama, se sentó y empezó a ponerse lentamente las zapatillas. Después, salió al pasillo. Hizo un poco de ruido cuando arrastró los pies por el suelo de linóleo camino del salón, pero nadie lo oyó.

Habían dejado abierta la puerta principal para que entrara el fresco y sólo habían pasado el pestillo a la puerta enrejada. Charlie lo descorrió, empujó la puerta y salió al porche. Boysie, que dormía en la cocina, oyó cerrar la puerta y vino a la sala. Gañió suavemente cuando vio a Charlie en el porche y arañó la puerta. Esperó, después de un rato volvió a la cocina y se enroscó sobre su alfombra frente al fregadero.

Charlie atravesó el porche principal y se sentó en las

escaleras. Esperó. Al principio fue paciente porque pensó que los cisnes irían allí, pero como pasaba el tiempo y no iban, empezó a arrastrar los pies impacientemente de acá para allá en el tercer escalón.

De repente vio algo blanco en los arbustos. Se levantó y, agarrándose a la barandilla, bajó las escaleras y cruzó el patio. Miró entre los arbustos, pero los cisnes no estaban allí. Sólo estaba el gato acurrucado detrás de las hojas mirándolo con sus ojos hendidos.

Se quedó allí, mirando el gato, incapaz de entender lo que les había ocurrido a los cisnes. Se frotó las manos arriba y abajo en el pijama tirando de la tela desgarrada. El gato se metió otra vez entre los arbustos y desapareció.

Al cabo de un rato, Charlie se dio la vuelta y empezó a caminar despacio a través del patio. Fue hacia la puerta y se detuvo. Le habían dicho cientos de veces que no debía salir del patio, pero esas órdenes dadas en pleno día con el ruido del tráfico en la calle parecían carecer de importancia en aquel momento.

En la indulgente oscuridad todas las cosas que normalmente le aturdían: bicicletas veloces, ruidos fuertes, segadoras, ladridos de perros, gritos de niños, se habían esfumado y substituido por el silencio y la oscuridad de la noche iluminada por la luna plateada. Le pareció que él pertenecía a ese mundo silencioso más que al mundo de día con su actividad febril.

Lentamente, abrió la puerta del jardín y salió. Pasó por la casa de los Hutchinson, de los Tennents, de los Weicek. Ahora había brisa y el olor de las flores de los Weicek impregnaba el aire. Pasó junto a la última casa y dudó de pronto, confundido. Entonces, empezó a atravesar el solar que hay junto a la casa de los Aker. En la oscuridad, le pareció que se trataba del campo que Sara y él habían atravesado por la tarde cuando se dirigían a ver los cisnes.

Cruzó el solar desocupado, entró en la zona de bosque y caminó despacio a través de los árboles. Estaba seguro de que en seguida llegaría al claro y vería el lago y los blancos cisnes deslizándose sobre el agua oscura. Siguió caminando, mirando al frente para poder ver el lago lo antes posible.

El suelo era cada vez más escabroso. Había piedras que le hacían tropezar e inesperados montones de hojarasca. Todavía persistía en su mente el recuerdo de los cisnes y siguió caminando.

DIEZ

C harlie empezaba a cansarse y se dio cuenta de que algo no iba bien. El lago había desaparecido. Se detuvo y echó un vistazo al campo, pero no vio nada que le fuera familiar.

Torció a la derecha y empezó a caminar colina arriba. De pronto, un perro ladró a su espalda. Este ruido, fuerte e inesperado, le asustó, dio un paso atrás y después empezó a correr. Luego oyó a otro perro ladrar y más tarde a otro y no tenía ni idea de dónde se encontraban los perros. Estaba muy asustado y corría cada vez con más torpeza, golpeando la maleza con las manos, dando manotazos en el aire; parecía que todo a su alrededor corría excepto sus lentos pies.

Los ladridos de los perros venían de todas partes en torno a él, por eso corrió primero en una dirección, luego en otra, como un animal salvaje atrapado en un laberinto. Después corrió hacia un arbusto y las zarzas le arañaron la cara y los brazos; y como pensó que aquello tenía algo que ver con los perros sacudió sus brazos frenéticamente no sintiendo ni tan siquiera los cortes en su piel.

Dio vueltas y vueltas intentando liberarse, después se tambaleó y siguió corriendo y dando manotazos en el aire. El ladrido de los perros se había hecho ahora más débil, pero con el miedo no se había dado cuenta. Corría a ciegas, tropezando con arbustos y árboles, enganchándose la ropa con ramas, golpeándose con rocas que no había visto. Luego llegó a un claro y podía coger velocidad por primera vez. Corrió durante mucho tiempo y de repente se tropezó con una alambrada que le produjo un corte profundo en el pecho. Con la sorpresa, se cayó al suelo y se quedó sentado agarrándose el pecho desnudo con las manos para poder respirar mejor.

Lejos de la colina alguien había gritado a los perros y éstos se habían callado; ahora sólo se oía el jadear de la respiración de Charlie. Permaneció sentado hasta que su respiración se hizo normal y al enderezarse se fijó por primera vez desde que había salido de casa en su pijama desgarrado. Se cubrió cuidadosamente el pecho con los bordes deshilachados de la chaqueta como si así pudiera aliviar el escozor de la herida.

Al cabo de un rato, se levantó lentamente, se quedó de pie un instante y empezó a caminar colina arriba junto a la valla. Ahora cojeaba porque al caerse había perdido una zapatilla.

La valla se terminó bruscamente. Ya sólo quedaban los restos de una vieja cerca construida hacía muchos

años. Al ver que terminaba, Charlie se sintió aliviado. Era como si la valla le hubiera mantenido apartado de su objetivo. Pasó sobre un trozo de alambre que colgaba y se adentró en el bosque.

Estar entre los árboles le dio una sensación de bienestar durante un rato. Los rayos de luna que venían a través de las hojas y el suave sonido del viento en las ramas lo tranquilizaban, pero al penetrar más en el bosque empezó a preocuparse. Allí había algo que no conocía, un olor que no le era familiar, ruidos que nunca había oído antes. Se detuvo.

Se quedó entre los árboles sin moverse y mirando a su alrededor. No sabía dónde estaba. Ni tan siquiera sabía cómo había llegado hasta allí. Le parecía que toda la noche había sido una larga lucha, pero no se podía acordar por qué había estado luchando. Había querido algo, pero no podía recordar el qué.

La cara y los brazos le escocían debido a los rasguños de las zarzas; su pie desnudo y tierno, no acostumbrado a andar en un suelo escabroso, tenía cortes y estaba inflamado; pero sobre todo estaba desesperado. Le gustaría estar de nuevo en su habitación, en su cama, pero parecía que la casa se hubiera perdido para siempre, en un lugar tan fuera del bosque que no existía ningún camino que pudiera comunicarlos.

Puso su muñeca al oído y escuchó el reloj. Ni tan siquiera el constante tic-tac podía ayudarlo esa noche, cubrió con el pijama deshilachado su pecho y siguió caminando colina arriba a través de los árboles. Mientras caminaba, empezó a llorar sin hacer el más mínimo ruido.

ONCE

P or la mañana, Sara se levantó despacio y durante un
rato se quedó con los pies colgando del borde de la
cama antes de ponerse de pie. Luego atravesó la habitación y al pasar delante del tocador, se paró para mirarse
al espejo. Se alisó el pelo detrás de las orejas.

Uno de sus mayores errores, pensó mirándose crítica-
mente al espejo, había sido cortarse el pelo. Había ido a
la escuela de peluquería de Bentley llevando consigo la
fotografía de una revista y le había pedido a la chica que
le cortara el pelo exactamente igual.

—¡Y mira lo que me ha hecho! —gritó cuando volvió a
casa—. ¡Mirad! ¡Qué desastre!

—No está tan mal —dijo Wanda.

—Dime la verdad. Mira esta fotografía. ¡Mira! Di la

verdad. ¿Es que acaso me parezco lo más mínimo a esta modelo?

Wanda y tía Willie tuvieron que admitir que Sara no se parecía en nada a la rubia modelo.

—¡Me lo ha echado a perder! ¿Por qué alguien no puede coger una buena fotografía de una revista y cortar el pelo de la misma forma sin estropearlo? No lo entiendo. Espero que esa chica suspenda.

—En realidad tu pelo se parece al de la fotografía, pero tu cara y tu cuerpo no.

—¡Cállate, Wanda! Deja de hacerte la graciosa.

—No me estoy haciendo la graciosa. Es la realidad.

—Yo no hice observaciones malintencionadas cuando te hicieron aquella horrible permanente.

—Pues claro que sí. Me llamaste «el oso de la tele».

—Bueno, pues eso era un cumplido.

—Ya está bien chicas. Dejad de discutir, no merece la pena.

Sara se miró al espejo pensando en el error de su pelo y de pronto se le ocurrió que se parecía a ese gato de los dibujos animados que está siempre persiguiendo a un pajarito, que acaba de ser atropellado por una apisonadora y se ha quedado completamente plano. «Este pelo y mi cara plana se han combinado para hacer que me parezca a él.»

—¡Sara! —gritó tía Willie desde la cocina.

—¿Qué?

—Venid a desayunar Charlie y tú. No voy a estar preparando un desayuno detrás de otro hasta el almuerzo.

—Está bien.

Sara fue al vestíbulo y miró en la habitación de Charlie.

—¡Charlie!

No estaba en la cama. Luego fue a la sala de estar. Últimamente, desde que había aprendido a encender la televisión, se levantaba temprano e iba a mirarla; pero tampoco estaba allí.

—Charlie ya se ha levantado, tía Willie.

En la cocina, tía Willie estaba echando copos de avena en dos tazones.

—Copos de avena otra vez —gruñó Sara—. Creo que sólo tomaré un batido y una tostada.

—No digas tonterías. ¿Dónde está Charlie?

—No estaba en su habitación.

Ella suspiró.

—Bueno, vete a buscarle.

—Primero tengo que ver mis zapatillas.

Fue al fregadero y las miró.

—¡Oh! ¡Qué aspecto tan horrible tienen! Míralas, tía Willie, están horribles.

—Deberías haberlas dejado como estaban. Yo ya he aprendido la lección tiñendo ropas. Supongo que me viste cuando tuve que llevar ese vestido morado al funeral de tu tío Bert.

—¿Qué color dirías que tienen?

—Ahora no tengo tiempo para eso. Vete a buscar a tu hermano.

—Hay un nombre para este color. Sólo quiero saber si lo conoces.

—No lo sé, y ahora vete a buscar a tu hermano.

—Te daré tres opciones. Déjame ver... Es color granada, pomerania o color pulga.

—Pulga. Ahora vete a buscar a tu hermano.

—¿Cómo lo has sabido?

—Porque mi tía tuvo dos perros pomerania gemelos que iban en un cochecito de niño y porque he comido granada. ¡Vete a buscar a tu hermano!

Sara dejó las zapatillas y volvió al vestíbulo.

—¡Charlie!

Miró de nuevo en su habitación.

—¡Oh! ¡Charlie!

Salió al porche y miró en la tienda. Ésta se había caído durante la noche y pudo ver que no estaba allí.

Caminó despacio a través del vestíbulo y miró en todas las habitaciones, entonces volvió a la cocina.

—Tía Willie, no lo encuentro.

—¿Qué quieres decir con que no lo encuentras?

Tía Willie que estaba preparada para regañar a los dos niños por ir tarde a desayunar, dejó el paquete de los copos bruscamente sobre la mesa.

—No está en su habitación, ni en el patio, ni en ningún sitio.

—Si es una broma... —empezó tía Willie.

Echó a Sara a un lado y fue a la sala de estar.

—¡Charlie! ¿Dónde estás?

Su voz empezó a subir de tono por la repentina alarma al tratarse de Charlie.

—¿Dónde podrá haber ido?

Se dio la vuelta y miró a Sara.

—Si es una broma...

—No es ninguna broma.

—Pues me estoy acordando del día de los Inocentes.

—Seguramente estará en algún lugar del patio, como cuando Wanda lo recogió de la tienda sin decir nada.

—Bueno, pues Wanda no lo ha encontrado esta mañana.

Tía Willie fue hacia el vestíbulo y se quedó mirando la habitación vacía de Charlie. Estuvo contemplando fijamente la cama vacía. No se movió durante un rato, como si estuviera buscando una explicación lógica a su ausencia.

—Si le ha ocurrido algo a ese chico...

—No le habrá ocurrido nada.

—Muy bien, ¿entonces dónde está?

Sara no contestó. Charlie no había salido nunca solo de casa y a Sara no se le ocurría ningún lugar donde hubiera podido ir.

—¡Sal fuera, Sara! ¡Búscale! Si no está en el patio, llamaré a la policía.

—Por favor, tía Willie, no llames hasta que estemos seguras.

—Voy a llamar. Hay algo que no me gusta.

Sara se quitó el pijama y se puso los pantalones y el jersey en seguida. Dejó el pijama en el suelo y salió descalza al patio.

—¡Charlie! ¡Charlie! —Corrió alrededor de la casa y de pronto se detuvo. Entonces se acordó de los cisnes y volvió de nuevo a casa.

—Tía Willie, te apuesto algo a que Charlie ha ido al lago a ver los cisnes.

Tía Willie que estaba hablando por teléfono, tapó con la mano el auricular y dijo:

—¡Vete corriendo a ver!

—¿No estarás hablando con la policía, verdad? —preguntó Sara desde la puerta.

—No estoy hablando con la policía, pero es lo que voy a hacer cuando vuelvas. Deja de perder el tiempo.

—Espera que me ponga los zapatos.

Sara corrió otra vez a la cocina y se puso las zapatillas que estaban todavía húmedas. Luego salió corriendo de la casa y se dirigió calle abajo. Cuando pasó por la casa de los Weicek, Mary salió al porche.

—¿Por qué tanta prisa? —preguntó.

—Charlie ha desaparecido. Voy a ver si está en el lago.

—Voy contigo.

Mary bajó las escaleras gritando:

—Mamá, voy a ayudar a Sara a buscar a su hermano.

—No con esos rulos.

—Mamá, tengo puesto un pañuelo. Nadie se va a enterar.

—Sí, todo el mundo creerá que tienes simplemente el pelo ahuecado —dijo Sara.

—¡Oh, callad! ¿Qué es todo eso sobre Charlie?

—Esta mañana no le hemos encontrado y creo que puede haberse levantado durante la noche y haber ido a ver los cisnes. Se portó muy mal cuando teníamos que volver.

—Ya lo sé. Te vi como lo arrastrabas ayer por la noche.

—Era la única forma de llevarle a casa. Estaba muy oscuro. Igual vamos hasta allí y él ya está en casa.

—Espero que esté bien.

—Seguramente estará sentado allí mirando los cisnes, agarrándose a la hierba y voy a tener que arrastrarle otra vez colina arriba chillando de nuevo. Tiene fuerza cuando quiere, ¿sabes?

—¡Eh! Te has puesto las zapatillas.

—Sí, pero aún están húmedas.

—Probablemente tendrás los pies de color pulga antes de que termine el día.

—Es lo único que me faltaba.

Dieron la vuelta y cruzaron el campo que estaba al pie de la colina.

—Vamos a darnos prisa porque tía Willie se estará preparando ahora mismo para llamar a la policía.

—¿De verdad?

—En este momento está sentada ante el teléfono. Tiene fuera una tarjeta con números de urgencia y está apuntando con el dedo directamente a POLICÍA.

—¿Recuerdas aquella vez que se perdió aquel viejo en el bosque?

—¿Cómo se llamaba?

—Tío no sé qué.

—Organizaron un grupo de búsqueda con los chicos del colegio y la Cruz Roja compró café y de todo, y a la mañana siguiente encontraron al viejo durmiendo en su casa. Había salido de excursión y como se aburría, había vuelto a casa.

—No me lo recuerdes, en cuanto tía Willie llame a la policía, encontraremos a Charlie en el cuarto de baño o en cualquier otro sitio.

A través de los árboles, llegaron al claro donde se encontraba el lago. Ninguna de las dos habló.

—Ayer estaba sentado justamente aquí —dijo por fin Sara.

—¡Charlie! ¡Charlie!

No hubo respuesta, pero los cisnes se dieron la vuelta

bruscamente y empezaron a deslizarse hacia el otro lado del lago. Sara notó que sus hombros se aflojaban y se metió las manos en los bolsillos de atrás del pantalón.

—Realmente le ha ocurrido algo —dijo—, ahora lo sé.

—Seguramente no, Sara.

—Ahora lo sé. A veces se piensan cosas horribles. Tengo un nudo en la garganta y mis hombros se caen cuando algo malo ocurre.

Mary le puso la mano en el brazo.

—Tal vez esté escondido en algún sitio.

—Ni tan siquiera sabe hacer eso bien. Cuando juega al escondite, en cuanto se oculta empieza a mirar para ver lo que ocurre. Es incapaz.

—Tal vez está en la tienda o en la lechería. Yo podría ir corriendo hasta allí.

—No. Le ha ocurrido algo.

Se quedaron de pie al borde del agua. Sara miraba los cisnes sin verlos.

Mary gritó:

—¡Charlie! ¡Charlie!

Se le soltó el pañuelo y se lo ató de nuevo.

—¡Charlie!

—Estaba tan segura de que estaría aquí —dijo Sara—. Ni tan siquiera me había preocupado porque pensé que estaría aquí sentado. Ahora no sé qué hacer.

—Volvamos a casa. Tal vez esté allí.

—Seguro que no.

—Bueno, no te desanimes hasta que lo comprobemos.

Mary cogió a Sara del brazo y empezaron a andar a través de los árboles.

—¿Sabes a quién te pareces? ¿Te acuerdas cuando Mary Louise estaba para delegada de clase y decía todo el tiempo: «sé que no lo lograré, sé que no lo lograré»? Fue lo único que dijo durante tres días.

—Y no lo consiguió.

—Sólo quería decir que al hablar te pareces a ella —se apresuró a indicar—. Venga, vamos.

DOCE

C uando Sara entró en la casa con Mary, tía Willie todavía estaba sentada al teléfono. Decía:

—Y no hay ninguna pista de él.

Entonces dejó el teléfono para preguntar:

—¿Lo has encontrado?

Y cuando Sara negó con la cabeza, continuó diciendo:

—Voy a colgar, Midge, ya puedo llamar a la policía. Acaba de llegar Sara y no estaba en el lago.

Colgó el teléfono, cogió la tarjeta con los números de teléfono de urgencia y empezó a marcar.

Había algo de definitivo en llamar a la policía y Sara dijo:

—Tía Willie, no llames todavía, tal vez...

—Voy a llamar. Ni una manada de elefantes podría impedírmelo.

—Quizás esté en casa de alguien —comentó Mary—. Una vez mi hermano fue a casa de los Hutchinson a ver la televisión y nosotras...

—Buenos días, ¿hablo con el departamento de policía? Quiero denunciar la desaparición de un niño.

Miró a Sara, empezó a decir algo, pero volvió a su conversación telefónica.

—Sí, un niño desaparecido, un chico, diez, Charlie Godfrey, su tía; me ocupo de él.

Esperó y entonces señaló:

—Sí, desde ayer por la noche.

Escuchó otra vez.

—No, no sé a qué hora. Nos hemos despertado esta mañana y se había ido. Eso es todo.

Escuchó una vez más y cuando contestó de nuevo, su voz empezó a subir de tono con inquietud y enfado.

—No, no he podido preguntar a sus amigos porque no tiene amigos. Su cerebro se dañó cuando tenía tres años y por eso estoy tan preocupada. Éste no es un niño de diez años que puede salir y entrar en casa cuando le parece. No es un chico de los que sale corriendo y rompe las farolas de la calle y se pasa toda la noche en un garaje, si es eso lo que está pensando. Es un chico, se lo estoy diciendo, que puede perderse y tener miedo a tres manzanas de casa y que no puede decir ni una sola palabra para pedir ayuda. ¿Van a venir aquí, sí o no?

Dejó de hablar y luego continuó:

—Sí, sí.

Y de mala gana concluyó:

—Y gracias.

Colgó el teléfono y miró a Sara.

—¿Qué han dicho?

—Que ya vienen. Eso es todo.

Se levantó preocupada y empezó a caminar hacia la sala de estar.

—¡Oh! ¿Por qué no se darán prisa?

—Tía Willie, acaban de colgar el teléfono.

—Ya lo sé.

Ella fue hasta la puerta principal y volvió dando palmadas nerviosamente.

—¿Dónde puede estar?

—Mi hermano siempre se perdía cuando era pequeño —dijo Mary.

—Estaba en esta misma casa, en esta misma habitación —interrumpió tía Willie.

Señaló la habitación de enfrente.

—Y prometí a tu madre, Sara, que cuidaría de Charlie toda mi vida. Le prometí a tu madre que nunca le ocurriría nada a Charlie mientras yo viviera. Y ahora mira, ¡mira! ¿Dónde está ese chico al que estoy cuidando tan bien?

Ella levantó las manos mientras decía:

—Desvanecido sin ninguna huella.

—Tía Willie, tú no lo puedes vigilar a cada momento.

—¿Por qué no? ¿Por qué no puedo? ¿Qué hay más importante en mi vida que cuidar a ese chico? Sólo una cosa más importante que Charlie, esa endemoniada televisión.

—Tía Willie...

—Sí, esa endemoniada televisión. Ayer por la noche, estaba sentada en esta silla y él quería que le cosiera un botón, pero yo estaba demasiado ocupada con la televisión. Te diré lo que le debería haber dicho a tu madre hace seis años. Le debería haber dicho: «Claro que sí, me encantará cuidar a Charlie excepto cuando haya un buen programa en la televisión». Se me debería caer la lengua por prometer que cuidaría de tu hermano y no haberlo hecho.

Se fue otra vez a la puerta.

—Podrían haberle ocurrido cientos de cosas. Se podría haber caído por uno de esos barrancos en los bosques. Se podría haber perdido en la vieja mina. Podría estar en el fondo del lago. Le podrían haber secuestrado.

Sara y Mary permanecieron de pie en silencio mientras ella enumeraba las tragedias que podrían haberle ocurrido a Charlie.

Sara dijo:

—Tal vez no le hayan secuestrado porque todo el mundo sabe que no tenemos dinero para el rescate.

—Eso no habría detenido a algunas personas. ¿Dónde estarán esos policías?

Sara miró la mesa junto a la televisión y vio un dibujo que Charlie había hecho de sí mismo en un bloc. La cabeza y el cuerpo eran círculos del mismo tamaño; las orejas y los ojos círculos más pequeños, los brazos y las piernas eran como globos alargados. Había empezado a poner su nombre debajo del dibujo, sólo había hecho dos letras antes de salir a montar la tienda. La C estaba al revés.

Wanda le había traído el bloc y las pinturas hacía dos días y él había hecho el dibujo con la marrón. Sara se llevó una fuerte impresión al verlo porque el tamaño pequeño y el estar sin terminar, le hacía de algún modo parecerse mucho a Charlie.

Tía Willie dijo:

—Cuando necesitas a la policía siempre están a cientos de kilómetros dando la lata a los criminales.

—Han dicho que venían hacia aquí —contestó Mary.

—Ya lo sé, pero ¿dónde están?

Mary parpadeó ante esta pregunta para la que no tenía respuesta y se colocó bien los rulos debajo del pañuelo.

—Todavía no puedo quitarme de la cabeza la idea de que Charlie ha ido a ver los cisnes —dijo Sara.

—Realmente estaba enfadado por tener que volver a casa, eso lo puedo asegurar —dijo Mary.

Tía Willie salió bruscamente de la habitación. Cuando volvió, traía un retrato de Charlie en la mano. Era una foto instantánea sacada en marzo, sentado en las escaleras con Boysie, frente a la casa.

—La policía siempre quiere una foto —dijo.

La enseñó para que Mary y Sara pudieran verla.

—La sacó la señora Hutchinson con su Polaroid.

—Es una buena fotografía —dijo Mary.

Sara la miró sin hablar. El torpe e inacabado dibujo hecho con la pintura se parecía más a Charlie que la fotografía.

—Era el día de su cumpleaños —dijo tía Willie triste. —Y mira lo orgulloso que estaba del reloj que le regaló Wanda, enseñando su bracito en la fotografía para que todo el mundo pudiera verlo. Protesté mucho por el hecho de que Wanda le regalara un reloj porque nunca podría decir la hora, pero luego estaba tan orgulloso de llevarlo. Todo el mundo le preguntaba en la calle: «¿Qué hora es, Charlie?, ¿tienes hora, Charlie?», sólo para ver lo orgulloso que estaba de enseñarlo.

—Y luego esos chicos se lo robaron. Creo que fue algo muy ruin —dijo Mary.

—El reloj se perdió —contestó tía Willie—, simplemente se perdió.

—Lo robaron —estalló Sara—, ese ladrón de Joe Melby.

—Sabes que soy la primera en acusar a alguien. Pudiste comprobarlo cuando vi a esos chicos largarse con las sillas del porche de los Hutchinson; pero el reloj simplemente se perdió. Joe Melby lo encontró y lo trajo.

—¡Ya!

—No fue ningún robo.

Mary comentó con una risilla:

—Tía Willie, ¿nunca te ha dicho Sara lo que le hizo a Joe?

—Calla, Mary —le contestó Sara.

—¿Qué le hizo?

—Escribió un cartelito que decía RATA y se lo colgó a Joe en la espalda cuando estaba en el vestíbulo del colegio y lo llevó colgado dos horas sin darse cuenta de que lo llevaba.

—Da igual lo que le hiciera. Nadie le va a robar a mi hermano, eso lo puedo asegurar. Ese cerdo robó el reloj de Charlie y cuando se asustó dijo esa gran mentira de que lo había encontrado en el suelo del autobús del colegio.

—Te gusta demasiado vengarte.

—Cuando alguien merece venganza, entonces...

—Yo me vengo como todo el mundo —dijo tía Willie—, sólo que nunca soy tan rencorosa como tú. En eso, te pareces a tu tío Bert.

—Espero seguir así.

—No, tu tío Bert no era bueno en este sentido. Nunca permitía que el rencor desapareciera de su corazón. Cuando se estaba muriendo en el hospital, nos decía con quién no teníamos que hablar y con quién no teníamos que tener tratos. Sus últimas palabras fueron contra Jeep Johnson, el de los coches de ocasión.

—¡Bien por el tío Bert!

—¡Y qué me dices de cuando tú apuntaste con la manguera a la pequeña Gretchen Wyant que llevaba un vestido de seda que le había enviado su hermano de Taiwan!

—Pues la pequeña Gretchen Wyant tuvo suerte de que sólo le cayera agua en su vestido de seda.

—¡Sara!

—¿Sabes lo que esa graciosa Gretchen Wyant hizo? Yo estaba de pie junto a los arbustos cerrando la manguera y esa simpática Gretchen Wyant no me vio, sólo vio a Charlie en la valla y le dijo: «¿Cómo está hoy el retrasado?» y además lo hizo sonar de una manera horrible; así: «¿Cómo está hoy el retrasaaaaado?» Me puse furiosa. Fue el mejor espectáculo de toda mi vida. Allí estaba la agradable Gretchen Wyant con su vestido de seda de Taiwan mojado y la boca abierta.

—Ahí viene la policía —dijo Mary apresuradamente—, pero se paran en la puerta de al lado.

—Hazles señas —dijo tía Willie.

Antes de que Mary pudiera dirigirse a la puerta, tía Willie se le adelantó y salió al porche.

—Aquí estamos. Es aquí.

Se dio la vuelta y le comentó a Sara por encima del hombro:

—Ahora, si Dios quiere, podremos hacer algo.

TRECE

S ara se sentó en la sala de estar. Llevaba unos vaqueros cortados y un viejo jersey con las palabras «Pro-
piedad de la Prisión del Estado» impresas en la espalda,
que Wanda le había traído de la playa, y sus zapatillas
color pulga. Estaba sentada en la entrada, apoyada contra
la puerta rodeando con los brazos sus rodillas y escuchando a tía Willie que estaba haciendo una llamada telefónica
desde el vestíbulo.

—No servirá de nada llamar —dijo Sara apretándose
contra sus rodillas. Éste era el primer verano que sus
rodillas no tenían una docena de cicatrices, pero aún se
notaban las marcas blancas de otros veranos.

Como tía Willie no contestó, volvió a decir:

—No servirá de nada llamar, no va a venir.

—No conoces a tu padre —respondió tía Willie.

—Es verdad.

—No, no como yo. Cuando se entere de que Charlie ha desaparecido...

Su voz bajó de tono mientras se preparaba para marcar el número de teléfono.

Sara tuvo una extraña sensación cuando pensó en su padre. Siempre era suspicaz con la gente a la que no conocía bien; como cuando la señorita Marshall, su profesora de inglés, fue paseando con ella desde el colegio hasta casa y Sara se sintió incómoda a pesar de que la veía todos los días.

El alejamiento de su padre empezó, a su modo de ver, con la enfermedad de Charlie. Había una fotografía en el álbum de familia en la que su padre se reía y lanzaba a Sara por el aire, otra en la que la llevaba en hombros y una tercera sentado en las escaleras principales con Wanda en una pierna y Sara en la otra. Todas esas fotografías de un padre feliz y de sus adoradas hijas fueron hechas antes de la enfermedad de Charlie y de la muerte de su madre. Después, no había ni una sola fotografía de la familia, ni alegre, ni triste.

Cuando Sara miró todas esas fotos, se acordó de un hombre sonriente con el pelo negro y rizado y un diente roto, que había vivido con ellos durante unos cuantos años maravillosos pero que se había ido muy pronto. No había en absoluto ninguna relación entre este hombre sonriente de la fotografía del álbum y el hombre serio de cabello gris que trabajaba en Ohio y que venía a casa, a West Virginia, algunos fines de semana, que se sentaba en la sala y veía el béisbol o el fútbol en la televisión y que nunca entablaba una conversación.

Sara escuchaba mientras tía Willie explicaba a la telefonista que se trataba de una llamada urgente.

—Por eso no marco directamente —dijo—, porque estoy tan preocupada que tengo miedo de marcar mal los números.

—No vendrá —susurró Sara apretándose contra sus rodillas.

Mientras la telefonista ponía la llamada, tía Willie se volvió hacia Sara, asintió con la cabeza y declaró:

—Vendrá, ya lo verás.

Sara se levantó, atravesó la sala y fue a la cocina donde estaban todavía las tazas del desayuno. Miró los dos tazones con los copos ya fríos y reblandecidos, se preparó tres tostadas y se sirvió un vaso de batido de cereza. Cuando volvió comiendo una tostada, tía Willie estaba todavía esperando.

—Me pregunto si la telefonista les habrá dicho que se trata de una llamada urgente —comentó tía Willie impaciente.

—Seguramente sí.

—Pues si alguien me dijera que es una llamada urgente, correría para enterarme cuanto antes de qué se trata. Eso no es un desayuno, Sara.

—Es mi almuerzo.

—Un batido y una tostada no te mantendrán de pie ni cinco minutos.

De pronto cortó y dijo rápidamente en voz alta:

—Sam, ¿eres tú?

Se lo afirmó a Sara con la cabeza. Entonces volvió al teléfono concentrándose en el tema de la conversación.

—Primero prométeme, Sammy, que no te vas a preocupar. No, prométemelo primero.

—No se va a preocupar, hasta yo puedo prometerte eso —exclamó Sara con la boca llena de tostada.

—Sam, Charlie ha desaparecido —dijo bruscamente tía Willie.

Incapaz de seguir oyendo la conversación, Sara salió con su tostada al porche principal. Se sentó en las escaleras y puso los pies en los surcos que Charlie había hecho en el tercer escalón. Después comió el último trozo y se chupó la mantequilla de los dedos.

En una esquina del patio, al pie del olmo, vio el agujero que Charlie había cavado con una cuchara en toda una mañana. Boysie estaba echado en él buscando el fresco. Caminó hacia el árbol, se sentó en el viejo columpio y empezó a columpiarse por encima de Boysie. Sara estiró los pies y lo tocó. El perro levantó la cabeza y miró a su alrededor para ver quién lo había empujado y luego se volvió a tumbar en su agujero.

—Boysie, estoy aquí. Mira, Boysie, mira.

El perro se había vuelto a dormir.

—¡Boysie!

Sara levantó la vista cuando tía Willie salió al porche. Durante un minuto permaneció de pie secándose las manos en su delantal. Debido a la desaparición de Charlie, llevaba su mejor ropa, un vestido verde luminoso con un lazo, que le daba calor. Tenía la cara roja y brillante. Alrededor de la frente se había atado un pañuelo para que le absorbiera el sudor.

Sara cogió impulso.

—Bueno —preguntó—, ¿va a venir?

Se calló para poder impulsar aún más y luego siguió diciendo:

—¿O no?

—Llamará esta noche.

—¡Oh! —exclamó Sara.

—A mí no me digas ¡oh! de esa forma.

—Me lo imaginaba.

—Escúchame sabelotodo. No hay ninguna necesidad de que tu padre venga en este mismo instante. Si cogiera el coche ahora, no llegaría aquí hasta la noche y entonces no podría hacer nada; por eso es mucho mejor que se quede allí hasta después del trabajo y luego coja el coche.

—Tal vez sea lo más sensato.

Sara se puso de pie y empezó a columpiarse con fuerza. Había crecido tanto desde la última vez que había montado en el columpio que casi llegaba con la cabeza a la rama de la que estaba colgado. Se agarró a la rama con las manos, se dio impulso con los pies y luego dejó que el columpio se moviera solo.

—Además —indicó tía Willie—, no es el mejor momento para columpiarse. ¿Qué dirían los vecinos si te vieran divertirte en el columpio mientras Charlie ha desaparecido?

—Sabía que no vendría.

—Va a venir —dijo tía Willie en voz alta—; simplemente va a esperar a que anochezca, que es lo más razonable, porque tal vez para entonces Charlie ya esté en casa.

—Es tan lógico que me pone enferma.

—No voy a seguir escuchando lo irrespetuosa que eres con tu padre —declaró!—. Yo sé lo que es perder a un padre cuando lo único que te queda de él es un sobre.

Tía Willie, Sara lo sabía, estaba hablando del sobre que guardaba en el cajón de su cómoda y que contenía las cosas que su padre tenía en los bolsillos cuando murió. Sara conocía cada uno de aquellos objetos: un reloj, veintisiete centavos sueltos, un billete de dólar doblado, un pañuelo a cuadros marrón, un sello de tres centavos, dos limpiapipas torcidos, media cajetilla de pastillas de menta para el estómago.

—Sí, espera a que pierdas a tu padre. Entonces le apreciarás.

—Ya lo he perdido.

—No hables así. Tu padre ha tenido que mantener él solo a dos familias. Cuando mi padre murió, Sammy tuvo que ir a trabajar para mantenernos a todos, antes incluso de que saliera del instituto, y ahora tiene que mantener igualmente a esta familia; y déjame que te diga que no es fácil. Cuando tú mantengas a dos familias, entonces me dices lo que tienes que decir en contra de tu padre.

Sara se dejó caer al suelo y le contestó:

—Es mejor que me vaya. Mary y yo vamos a buscar a Charlie.

—¿Dónde?

—Colina arriba.

—Bueno, no os perdáis —le gritó tía Willie.

Desde el patio de los Hutchinson unos niños gritaron:

—Sara, ¿todavía no habéis encontrado a Charlie?

Estaban haciendo un jardín en la tierra polvorienta, plantando flores sin raíz formando hileras. Las primeras flores ya empezaban a marchitarse con el calor del sol.

—Ahora voy a buscarle.

—¿Saua?

Era el pequeño de los Hutchinson, que tenía tres años y que a veces venía a jugar con Charlie.

— ¿Saua?

— ¿Qué?

— ¿Saua?

— ¿Qué?

— Saua, tengo hiezba.

Levantó dos puñados de hierba que acababa de coger de una de las pocas matas que quedaban en el patio.

— Muy bien, estupendo. Se lo diré a Charlie cuando lo vea.

CATORCE

Sara y Mary habían decidido que irían al lago y que caminarían por detrás de las casas en dirección a los bosques. Sara se dirigía ahora a casa de Mary y atravesaba el solar donde se estaba jugando un partido de béisbol. Echó un vistazo y miró el juego mientras bajaba por la acera.

El partido de béisbol había empezado hacía una hora y el marcador estaba todavía cero a cero; los jugadores, sucios y cansados jugaban en silencio y sin esperanza.

Casi había terminado de pasar el campo cuando oyó que alguien la llamaba:

—¡Eh! ¿Habéis encontrado ya a tu hermano?

Reconoció la voz de Joe Melby y le contestó sin mirarle:

—No.

—¿Qué?

Se dio la vuelta, lo miró fijamente y le dijo:

—Te sentirás dichoso y feliz de saber que no.

Sara siguió caminando calle abajo. La sangre se le empezó a subir a la cabeza. Joe Melby era la última persona a la que quería ver precisamente ese día. Había algo en él que la molestaba. A decir verdad, no lo conocía, apenas había hablado con él y ya lo odiaba tanto que simplemente con verle se ponía enferma.

—¿Hay algo que pueda hacer?

—No.

—Si está en los bosques, yo podría ayudar a buscar. Conozco tan bien como cualquiera esas colinas.

Joe dejó el juego y empezó a caminar detrás de ella con las manos en los bolsillos.

—No, gracias.

—Quiero ayudar.

Ella se dio la vuelta y lo miró con los ojos encendidos.

—Yo no quiero tu ayuda.

Se miraron. Sara notó un malestar en su interior y de pronto se sintió enferma. Entonces pensó que nunca más volvería a beber de aquel batido mientras viviera.

Joe Melby no dijo nada, pero movía continuamente el pie de acá para allá en la acera, arrastrando un poco de arena.

—¿Tú...?

—Si una persona es capaz de robar el reloj de un niño —declaró Sara cortando sus palabras; era un desahogo poder por fin hacerle esta acusación cara a cara—, puedo muy bien prescindir de su ayuda.

Su cabeza resonaba tan fuerte que apenas podía oír

sus propias palabras. Durante meses, desde el incidente del reloj robado, había esperado este momento, había planeado exactamente lo que diría. Ahora ya estaba dicho y no saboreaba el triunfo como lo había imaginado.

—¿Eso es lo que te pasa?

Joe la miró.

—¿Crees que robé el reloj de tu hermano?

—Sé que lo hiciste.

—¿Cómo?

—Porque pregunté a Charlie quién le había robado el reloj y se lo seguí preguntando hasta que un día en el autobús del colegio cuando volví a preguntárselo, te señaló directamente a ti.

—Se confundía...

—En absoluto. Probablemente pensaste que no sería capaz de acusarte porque no podía hablar, pero te señaló.

—Se confundía, te digo. Yo le devolví el reloj, no se lo quité.

—No te creo.

—Entonces tú sólo crees lo que te interesa, pero yo no cogí ese reloj. Creí que el asunto estaba zanjado.

—¡Ya!

Ella se volvió y empezó a bajar a gran velocidad la colina. Por algún motivo, no estaba tan segura sobre Joe Melby como lo había estado antes y eso era todavía peor. Cogió el reloj, se dijo a sí misma. No podía soportar la idea de haber cometido un error y de haberse vengado en una persona equivocada.

Detrás se oyeron de pronto vítores como si alguien hubiese ganado una base. La pelota fue a la calle. Joe corrió, la cogió y se la echó a un chico del campo. Sara no lo miró.

—¡Eh! ¡Espera un minuto! —oyó decir a Joe—. Ya voy.

Sara no se dio la vuelta. En una ocasión ya había metido la pata. Una vez, cuando bajaba la calle oyó un coche a su espalda, el sonido de la bocina y la voz de un chico que gritaba: «¡Eh, preciosidad!» y se había vuelto. ¡Ella! Entonces, demasiado tarde, vio a la chica a la que habían tocado la bocina y gritado, era Rosey Camdon que estaba al otro lado de la calle y que era Miss del Distrito y Miss Feria Agrícola y cientos de cosas más. Bajó la mirada rápidamente sin mirar si alguien la había visto y se puso tan colorada que pensó que se le quedaría la cara así para siempre. Ahora caminaba de prisa con la cabeza baja.

—Espera, Sara.

Una vez más, no se giró ni hizo el más mínimo gesto de haberle oído.

—¡Espera!

Joe corrió, la alcanzó y empezó a caminar a su lado.

—Todos los chicos dicen que quieren ayudar.

Ella dudó, pero siguió andando. No sabía qué decir. Supo cómo se sentían los hombres del circo que camina-ban sobre zancos porque sus piernas se movían incómoda-mente, con grandes y exagerados pasos que parecían no llevarle a ninguna parte. Pensó que podía echarse a llorar en cualquier momento y por eso le contestó rápidamente:

—¡Oh! Está bien.

Entonces unas repentinas y calientes lágrimas vinieron a sus ojos y se miró los pies.

Joe dijo:

—¿Por dónde podríamos empezar? ¿Tienes alguna idea?

—Creo que está en los bosques. Ayer lo llevé a ver los cisnes y creo que los estaba buscando cuando se perdió.

—Seguramente por ahí arriba.

Ella asintió con la cabeza.

Joe se calló y después añadió:

—Lo encontraremos.

Sara no contestó, no podía porque las lágrimas le cayeron por las mejillas. Se dio rápidamente la vuelta y se dirigió sola a casa de Mary; esperó en la acera hasta que su amiga salió para reunirse con ella.

QUINCE

Mary y Sara casi habían terminado de atravesar el campo abierto antes de que esta última hablara. Entonces dijo:

—Adivina quién me ha detenido y me ha hablado con una gran simpatía de Charlie.

—No sé. ¿Quién?

—Joe Melby.

—¿De verdad? ¿Qué te ha dicho?

—Quiere ayudar a buscar a Charlie. Me pone enferma.

—Creo que es estupendo que quiera ayudar.

—Tal vez si hubiera robado el reloj de tu hermano, no pensarías que es tan amable.

Mary se calló durante un rato y luego señaló:

—Quizá no debería decirte esto, pero él no robó el reloj, Sara.

—¡Ya!

—No, de verdad.

Sara la miró y le preguntó:

—¿Cómo lo sabes?

—No te lo puedo decir porque prometí que no lo haría. Pero sé que no lo hizo.

—¿Cómo es eso?

—No puedo decírtelo. Lo he prometido.

—Eso nunca te ha impedido hablar antes. Y ahora Mary Weicek, dime lo que sabes.

—Lo he prometido.

—Mary, dímelo.

—Mamá podría matarme si supiera que te lo he dicho.

—No lo sabrá.

—Está bien. Tu tía Willie fue a ver a la madre de Joe.

—¿Qué?

—Que tu tía Willie fue a ver a la madre de Joe Melby.

—No es verdad.

—Sí, porque mi madre estaba precisamente allí cuando fue. Ocurrió unas dos semanas después de que Charlie recuperara el reloj.

—No te creo.

—Pues es la verdad. Acuérdate que dijiste a tu tía que Joe había robado el reloj, acuérdate que se lo dijiste a todo el mundo y por eso tu tía Willie fue a ver a la madre de Joe.

—No haría algo semejante.

—Claro que lo hizo.

—¿Y qué dijo la señora Melby?

—Llamó a Joe a la habitación y le preguntó: «Joe, ¿has robado tú el reloj del pequeño Godfrey?» Y él contestó: «No».

—¿Y qué esperabas que dijera delante de su madre? «Sí, lo he robado yo». Eso no prueba nada.

—Luego continuó diciendo su madre: «Ahora quiero la verdad. ¿Sabes quién robó el reloj?». Y dijo que nadie lo había *robado*.

—Entonces, ¿cómo desapareció durante una semana? Me gustaría saberlo.

—Ahora llego ahí. Dijo que había unos chicos en la calle frente a la farmacia y que Charlie se encontraba allí esperando el autobús del colegio. Tú estabas en la tienda, recuerda que aquel día compramos los sellos para las cartas de esos amigos por correspondencia que nunca contestan. ¿Te acuerdas que no salían de la máquina? Bueno, pues los chicos que estaban allí empezaron a tomar el pelo a Charlie con un caramelo y mientras éste intentaba cogerlo, uno de ellos le quitó el reloj sin que se diera cuenta. Luego le preguntaron la hora y cuando Charlie fue a mirar su reloj se preocupó mucho porque ya no lo tenía. Sólo querían burlarse.

—¡Cerdos! ¡Cerdos!

—Justo entonces saliste tú y viste lo que le estaban haciendo con el caramelo y les dijiste que le dejaran en paz. Entonces llegó el autobús y empujaste a Charlie dentro antes de que tuvieran la oportunidad de devolvér-selo. Después tuvieron miedo y esa es toda la historia. Joe no robó el reloj, ni tan siquiera estaba allí. Llegó al mismo tiempo que tú y no tenía ni idea de lo que había ocurrido.

Después, cuando lo encontró, le devolvió el reloj a Charlie; eso es todo.

—¿Por qué no me lo has dicho antes?

—Porque me acabo de enterar en la comida. Desde hace cuatro meses, mi madre lo sabía y nunca lo había mencionado porque dice que es una de esas cosas que es mejor olvidar.

—¿Y por qué lo ha dicho ahora?

—Mi madre es así. Estábamos hablando de Charlie en la mesa y de pronto me viene con esas. Como una vez que mencionó por casualidad que había tenido una larga conversación sobre mí con el señor Homer. El señor Homer, ¡el director! Fue a verle y tuvieron una larga charla. Y nunca lo mencionó durante un año.

—Es lo peor que ha hecho tía Willie en su vida.

—Bueno, no demuestres que lo sabes o tendré verdaderos problemas.

—No lo haré, pero de verdad, si pudiera...

—Lo has prometido.

—Ya lo sé. No hace falta que sigas recordándomelo. Me hace sentir fatal, créeme.

Siguió caminando con la cabeza baja.

—¡Terrible! ¿Sabes lo que hice precisamente cuando le vi?

—¿Qué?

—Le acusé de robar el reloj.

—Sara, no es verdad.

—Sí, lo hice. No puedo remediarlo. Cuando creo que alguien ha hecho algo a Charlie no puedo perdonar. Me encanta darle vueltas y vueltas, como dijo tía Willie. Llegué incluso a pensar que Joe Melby no había cogido el reloj, pero seguí en mis trece.

—¡Calla!

Mary llevaba la radio y la puso en medio de las dos.

—¡Escucha!

El locutor estaba diciendo: «Tenemos un informe de un niño desaparecido en el sector de Cass, de diez años, Charlie Godfrey, que falta de su domicilio desde ayer por la noche. Lleva un pijama azul y zapatillas de fieltro marrón; tiene un reloj y una pulsera de identidad con su nombre en una cara y su dirección en la otra. Es un niño disminuido mental que no puede hablar y se puede asustar al ver acercarse a un extraño. Si lo han visto, notifíquenlo por favor a la policía.»

Las dos chicas se miraron y continuaron atravesando el campo en silencio.

DIECISÉIS

Mary y Sara se encontraban arriba, en el campo cercano a los bosques. Habían buscado a Charlie durante una hora sin encontrar ninguna pista.

Mary dijo:

—No me importa la pinta que tenga. Me quito este pañuelo. Aquí debemos estar a cien grados.

—¡Charlie! —gritó Sara como había venido haciendo de vez en cuando.

Su voz empezaba a sonar ronca porque había gritado muchas veces.

—¡Charlie!

—Sara, ¿sabes dónde estamos? —preguntó Mary al cabo de un rato.

—Claro que sí. El lago está ahí abajo y la vieja choza

ahí arriba, los podrás ver en cuanto subamos un poquito más.

—¿Y tenemos que subir? —dijo Mary con voz cansada.

—No tienes por qué venir, ¿sabes?

—Yo quiero venir, sólo que también quiero asegurarme de que no nos hemos perdido. Tengo que ir a la fiesta de Bennie Hoffman esta noche.

—Ya lo sé. Me lo has dicho diez veces.

—Por eso no quiero perderme.

Mary dio unos cuantos pasos más sin hablar y luego comentó:

—Todavía no sé por qué vino a verme. Bennie Hoffman apenas me conoce. Sólo le he visto un par de veces en todo el verano en la piscina. ¿Por qué crees...?

—¿Te quieres mover?

—Por si te interesa mi opinión, no creo que tenga ningún interés seguir simplemente caminando cuando en realidad no sabemos qué dirección ha seguido. Tía Willie cree que ha ido a la vieja mina de carbón.

—Ya lo sé, pero lo piensa sólo porque asocia la mina con tragedia. Su tío y su hermano murieron en la mina de carbón. Pero Charlie no habrá ido allí. Recuerda aquella vez que fuimos a la bodega de los Bryant después que se habían ido y ni tan siquiera quería entrar allí porque hacía frío, estaba oscuro y le daba miedo.

—Sí, lo recuerdo porque me torcí el tobillo al saltar por la ventana y tuve que quedarme allí dos horas mientras que tú mirabas viejas revistas.

—No estaba hojeando viejas revistas.

—Yo te oía. Estaba allí abajo en esa oscura bodega entre ratones y tú estabas arriba y yo te pedía ayuda a gritos y tú decías: «Ahora mismo voy», y te oía como pasabas y pasabas páginas.

—Bueno, te saqué de allí ¿no?

—Al final.

Sara se calló momentáneamente y luego siguió gritando:

—¡Charlie! ¡Charlie!

Las chicas esperaron en la alta hierba una respuesta, luego siguieron andando. Mary dijo:

—Tal vez debimos haber esperado a los demás antes de empezar a buscar. Organizarán un grupo de rescate y todos irán juntos. Tal vez tengan un helicóptero.

—Cuanto más esperemos, más difícil será encontrarle.

—Bueno, pues yo tengo que volver a casa a tiempo para bañarme y arreglarme el pelo.

—Ya lo sé. Ya lo sé. Vas a la fiesta de Bennie Hoffman.

—No sé por qué estás tan rabiosa. Yo no pedí que me invitaran.

—No estoy furiosa porque te hayan invitado a la fiesta. No me importa lo más mínimo, estoy enfadada porque me estás retrasando en la búsqueda.

—Bueno, pues si te estoy retrasando tanto tal vez debería irme a casa.

—Me parece fenomenal.

Se miraron sin hablar. En la radio que estaba puesta se oyó: «Se necesitan voluntarios en el área de Cass para buscar a un niño, Charlie Godfrey, que ha desaparecido de su casa durante la noche. La búsqueda por los bosques de Cheat empezará esta tarde a las tres».

Mary dijo:

—¡Oh! Seguiré buscando. Intentaré ir más de prisa.

Sara se encogió de hombros, se dio la vuelta y empezó a caminar colina arriba seguida de Mary. Llegaron a la vieja valla que en un tiempo separaba el prado de los bosques. Sara caminaba despacio junto a la valla.

—¡Charlie! —gritó.

—¿Crees que vendría si te oyera?

Sara asintió.

—Pero si llegan aquí cientos de personas subiendo a través de los bosques y vociferando no vendrá. Estará demasiado asustado, lo conozco.

—No entiendo cómo puedes estar tan segura de que ha venido por aquí.

—Simplemente lo sé. Hay algo en mí que me hace comprender a Charlie. Es como si supiera lo que siente. Como cuando a veces voy calle abajo y paso delante de la joyería y pienso que si Charlie estuviera allí se quedaría de pie mirando todos esos relojes durante toda la tarde y sé qué postura tendría, cómo pondría sus manos en el cristal y qué expresión se dibujaría en su cara. Y ayer sabía que le iban a gustar los cisnes tanto que no querría marcharse nunca. Sé lo que siente.

—Solamente crees saberlo.

—No, lo sé. Una noche estaba reflexionando sobre el cielo y miraba las estrellas. Pensaba que el cielo existiría siempre y no podía entenderlo. No sé durante cuánto tiempo lo estuve pensando; finalmente sentí una especie de náuseas. Luego imaginé que Charlie sentía así las cosas. No sabes lo malo que se pone a veces cuando intenta escribir y...

—Mira quién viene —la interrumpió Mary.

—¿Dónde?

—Entre los árboles, caminando hacia nosotras, Joe Melby.

—Estás mintiendo, sólo estás intentando que yo...

—Es él. Mira.

Mary empezó a ponerse rápidamente el pañuelo de nuevo sobre los rulos.

—Y luego dices que yo necesito gafas.

—¡Atraviesa el campo de prisa! —le dijo Sara—. No, espera, pasa por debajo de la valla. Muévete Mary y deja en paz ese pañuelo. Pasa por debajo de la valla. No tengo la más mínima intención de encontrarme de frente con él.

—No voy a pasar por debajo de ninguna valla. Además sería peor salir corriendo que seguir simplemente caminando.

—No puedo seguir andando como si nada después de lo que le dije.

—Pues alguna vez tendrás que enfrentarte a él; y puede ser muy bien ahora que todo el mundo siente lástima por tu hermano.

Mary gritó:

—¡Eh!, Joe, ¿has tenido suerte?

El muchacho llegó hasta ellas. Llevaba una zapatilla marrón. Miró a Sara y le preguntó:

—¿Es de Charlie?

Sara miró ese objeto familiar y se olvidó del incidente del reloj por un momento.

—¿Dónde la has encontrado?

—Allá, junto a la valla. La acababa de recoger cuando os he visto.

Sara cogió la zapatilla, la apretó contra sí y comentó:

—Sabía que había venido por aquí, pero es un alivio tener una prueba.

—Acabo de hablar con el señor Aker —siguió diciendo Joe— y me ha contado que ayer por la noche oyó ladrar a sus perros por ahí arriba. Luego los ató a la chabola y pensó que tal vez alguien estaba merodeando por ahí.

—Seguramente Charlie —señaló Mary.

—Es lo que me imaginaba. Bueno, alguien debería bajar a la gasolinera para decírselo a la gente. Están organizando una gran búsqueda y la mitad de los hombres planean ir a la mina.

Hubo un silencio y Mary dijo:

—Yo podría ir, sólo que no sé si tendré tiempo de volver aquí.

Mary miró a Joe.

—Prometí a Bennie Hoffman que iría esta noche a su fiesta. Por eso llevo rulos.

—Diles que he encontrado la zapatilla a menos de un kilómetro detrás de la casa de los Aker junto a la vieja valla —indicó Joe.

—De acuerdo. ¿Vas a venir a casa de Bennie esta noche?

—Tal vez.

—Ven. Lo vamos a pasar bien.

Sara se aclaró la garganta y comentó:

—Bueno, creo que yo seguiré buscando si no os importa.

Se dio la vuelta y siguió caminando colina arriba. Parecía haber un largo silencio, ni tan siquiera se oía el canto de las cigarras en la hierba. Sara apartaba las altas hierbas con sus zapatillas de tenis y apretaba contra sí la zapatilla de Charlie.

—Espera un minuto, Sara, voy contigo —le dijo Joe Melby.

La alcanzó y ella asintió con la cabeza, todavía mirando la zapatilla. En la parte de arriba había un dibujo de un jefe indio y se apreciaba una soledad en aquel rostro, que había sido toscamente dibujado en el fieltro, en la que no se había fijado nunca.

Sara volvió a aclararse la garganta.

—Hay algo que quiero decirte.

Su voz sonaba rara, como si fuera una voz grabada.

Él esperó y luego dijo:

—¡Adelante!

Ella no habló durante un rato y siguió caminando a través de la hierba mala haciendo mucho ruido.

—¡Adelante!

—Puedes esperar un minuto, estoy intentando pensar cómo decírtelo.

Las palabras que quería decir eran: «Lo siento», pero no le salían. Continuaron andando en silencio y entonces Joe dijo:

—Sabes, precisamente he leído un artículo sobre un guru de la India que no ha dicho ni una palabra en veintiocho años. *Veintiocho años*. En todo ese tiempo no ha pronunciado ni una sola palabra, y todo el mundo ha esperado durante todos esos años para oír lo que tiene que decir cuando por fin hable porque esperan oír su palabra sabia. Me imagino a ese pobre guru sentado durante veintiocho años intentando pensar qué decir y, como no se le ocurre nada realmente importante, se tiene que desesperar y cada día debe de sentirse peor.

—¿Se supone que hay alguna moraleja en esta historia?

—Tal vez.

Ella sonrió:

—Bueno, sólo quería decir que lo siento.

Y como pensó que podía echarse a llorar otra vez, se dijo a sí misma: «No eres más que un gusano. ¡Un gusano!».

—Está bien.

—Acabo de enterarme de que tía Willie fue a ver a tu madre.

Joe se encogió de hombros.

—Eso no quiere decir nada.

—Pero fue algo horrible.

—No fue tan malo, para variar no estuvo mal que me acusaran de algo que *no* había hecho.

—Ya, pero ser acusado ante tía Willie y la madre de Mary... No, fue algo horrible.

Sara se dio la vuelta y penetraron en el bosque.

—No te preocupes por eso. Soy fuerte, soy indestructible. Soy como ese coyote de los dibujos animados al que siempre aplastan, dinamitan y prensan y en la escena siguiente va de un lado para otro completamente normal otra vez.

—Yo actué muy precipitadamente. Éste es uno de mis mayores defectos.

—También a mí me pasa.

—No como a mí.

—Tal vez soy peor. ¿Te acuerdas cuando teníamos aquel boletín de notas? Las notas estaban a un lado y las observaciones personales del profesor en él, como «no acepta las críticas constructivas».

Sara sonrió.

—A mí siempre me hacía una observación de este tipo —confesó.

—¿Y a quién no? Y había otra: «actúa impetuosamente sin ninguna consideración hacia los demás» o algo por el estilo. Y un año tuve dos.

—No es verdad.

—Sí, en serio. En segundo, con la señorita McLeod. Me acuerdo que comentó a toda la clase que era el primer año que había tenido que poner una observación doble a un estudiante; todo el mundo en la clase se asustó y abrió el boletín para ver quién había sido. Cuando abrí el mío allí estaban, una observación doble en «no acepta críticas» y «actúa impetuosamente» y observaciones simples en todo lo demás.

—¿Lo pasaste mal?

—Claro que sí.

—Creía que eras fuerte e indestructible.

—Claro que lo soy —se calló momentáneamente y luego prosiguió—, al menos eso creo.

Joe señaló hacia la izquierda.

—Vamos en esa dirección.

Sara dijo que sí con la cabeza y pasó delante suyo entre los árboles.

DIECISIETE

En el bosque había un barranco, una grieta profunda en la tierra, y Charlie se había dirigido hacia allí entre la niebla de la madrugada. Casualmente, caminando a tientas, con los brazos extendidos, permaneció en la senda que llevaba al barranco. Cuando salió el sol y se disipó la niebla, no pudo encontrar el camino para salir de allí.

El barranco entero parecía igual a la luz del día, altos muros, matas de hierbas altas, arbustos de bayas salvajes, árboles. Durante un rato, había vagado siguiendo los pequeños senderos formados con el lodo que bajaba de la colina, pero finalmente se sentó en un tronco y miró fijamente hacia adelante sin ver nada.

Al cabo de un rato, se animó lo suficiente como para limpiarse con las manos las mejillas, donde se le habían secado las lágrimas mezcladas con suciedad, y para frotarse los párpados hinchados. Después miró hacia abajo, vio su pie desnudo, se lo puso sobre la otra zapatilla y se quedó sentado con los pies traslapados.

Ahora se apreciaba en él una gran torpeza. Se había asustado tantas veces, había oído tantos ruidos que le producían miedo, se había sobresaltado con tantas sombras, se había hecho daño tantas veces que todos sus sentidos estaban ahora relajados y sin esperanza. Se hubiera quedado allí para siempre.

No era la primera vez que Charlie se perdía, pero nunca se había encontrado en circunstancias parecidas. Una vez se había separado de tía Willie en la feria del condado y ni tan siquiera se dio cuenta de que se había perdido hasta que ella salió de entre la multitud gritando: «¡Charlie!, ¡Charlie!» y lo abrazó. Otra vez se había perdido en el vestíbulo del colegio y como no encontraba el camino para volver a su clase, caminó por los pasillos de un lado para otro asustado por esos niños desconocidos que se asomaban a las puertas, y tuvieron que mandar a uno para que le condujera a su clase. Pero en toda su vida no había tenido una experiencia igual.

Charlie se inclinó, miró su reloj y mantuvo la vista fija en la pequeña manecilla roja. Por primera vez se dio cuenta de que ya no se movía. Conteniendo la respiración, acercó el reloj más a su cara. La manecilla estaba inmóvil. Durante un rato no podía creerlo. Lo miró muy de cerca y siguió esperando. La manecilla seguía sin moverse. Sacudió su muñeca como si quisiera así ponerlo en marcha. Una vez vio que Sara hacía esto con su reloj.

Luego se acercó el reloj al oído. No hacía ruido. Hacía cinco meses que tenía el reloj y nunca le había fallado. Ni tan siquiera sabía que esto podía ocurrir. Ahora no hacía ruido ni se movía.

Puso su mano sobre el reloj, cubriéndolo completamente. Esperó. Su respiración empezó a hacerse más fuerte otra vez. La mano sobre el reloj estaba fría y húmeda. Esperó un rato y luego con mucho cuidado apartó la mano y miró la pequeña manecilla roja en la esfera. No se movía. El truco no había funcionado.

Inclinándose sobre el reloj, miró muy de cerca la cuerda. Tía Willie le daba cuerda al reloj todas las mañanas después del desayuno, pero él no sabía cómo hacerlo. Cogió la cuerda con sus dedos y tiró torpemente, después aún más fuerte y se salió. La miró y cuando intentó ponerla en el reloj otra vez, se le cayó al suelo y se perdió entre las hojas.

Una ardilla pasó frente a él y se dirigió a toda prisa hacia el terraplén. Distraído por un momento, se levantó y caminó hacia ella. La ardilla se paró y se metió después en un agujero, dejando a Charlie en la sombra intentando ver dónde había ido. Se acercó más al terraplén y movió las hojas, pero no encontró ni siquiera el agujero entre las raíces por donde había desaparecido la ardilla.

De pronto, algo pareció reventar en su interior y empezó a llorar ruidosamente. Se tiró al terraplén y comenzó a patalear, dando golpes al suelo, a la invisible ardilla, al silencioso reloj. Gimió, sometiéndose así a su angustia, y sus gritos penetrantes que no cesaban parecían suspendidos en el aire. Sus dedos se desgarraron en las raíces del árbol, cavó debajo de las hojas y arañó como un animal la negra tierra.

Su cuerpo flaqueó y se cayó rodando por el terraplén. Entonces se calló. Miró los árboles, todavía sollozando y con su cara extrañamente inmóvil. Al cabo de un rato le pesaban los párpados y se quedó dormido.

DIECIOCHO

—¡**C**harlie! ¡Charlie!

La única respuesta fue el canto de un pájaro en las ramas, un largo y tímido silbido.

—Ni tan siquiera puede oírnos —dijo Sara.

Joe Melby y ella habían caminado durante más de una hora y se habían adentrado cada vez más en los bosques sin parar; ahora los árboles eran tan grandes que sólo se veían pequeños círculos de luz que pasaban a través del espeso follaje.

—¡Charlie! ¡Oh, Charlie!

Sara esperó una respuesta mirando al suelo.

Joe le preguntó:

—¿Quieres descansar un rato?

Sara negó con la cabeza. De pronto le entraron tantas ganas de ver a su hermano que se le hizo un nudo en la garganta. Era una sensación que tenía a veces cuando deseaba algo. Como aquella vez que tenía sarampión y deseaba tanto ver a su padre que casi no podía tragar. Ahora le daba la impresión de que, si le ofrecían un vaso de agua fresca, aunque tenía sed, no hubiera podido beber ni una gota.

—Si puedes caminar un poco más, en lo alto de la colina hay un lugar, ya en la franja de las canteras, desde donde se puede ver todo el valle.

—Claro que sí.

—Bueno, primero podemos descansar si...

De pronto se sintió un poco mejor. Pensó que si podía llegar a la cima de la colina para mirar hacia abajo, en algún lugar de ese verde valle tal vez aparecería una silueta pequeña y rechoncha en pijama azul; era lo único que deseaba en este mundo. Pensó que el valle sería como un mapa donde todo se vería claro y liso y su hermano estaría allí, y ella le podría señalar en seguida. Su grito: «¡Ahí está!» sonaría como una campana sobre el valle y todo el mundo podría oírla y saber que habían encontrado a Charlie.

Se detuvo un momento, se apoyó contra un árbol y luego siguió. Sus piernas habían empezado a temblar.

Era la hora de la tarde en que normalmente se sentaba frente al televisor y veía los concursos donde los matrimonios intentaban adivinar cosas uno del otro y las chicas tenían que escoger pareja entre chicos que no podían ver. Estaría sentada cerca de la entrada del vestíbulo y Charlie entraría y vería con ella la televisión. El cuarto estaría oscuro y olería a pino de la cera que echaba tía Willie.

Entonces empezaría «Primera Sesión» y se sentaría durante toda la película apoyada cerca de la entrada, burlándose y diciendo cosas como: «Charlie, ahora viene la escena del viejo honrado que ha sido condenado por una mala jugada» y Charlie sentado en su silla cerca de la televisión asentiría con la cabeza sin entender.

También contestaba con habilidad al diálogo de los actores. Cuando el vaquero decía algo como: «Las cosas están tranquilas por aquí esta noche», ella contestaba con un: «Sí, demasiado tranquilas» justo a tiempo. Le parecía raro estar en los bosques con Joe Melby en lugar de estar en la sala con Charlie viendo *«Pasión de Arabia»,* que era la película que ponían esa tarde.

Su ascenso a la colina parecía cada vez más pausado. Era como cuando ganó la carrera de bicicletas lentas, que consistía en ir lo más lentamente posible sin poner un pie en el suelo y ella rodó muy lentamente aunque su deseo era impulsar una gran velocidad a su bicicleta para cruzar la primera la meta. Al final de la carrera T. R. Peters y ella se pararon justo antes de la línea de llegada y se quedaron inmóviles guardando el equilibrio sobre sus bicicletas. Parecía no pasar el tiempo y finalmente T. R. perdió el equilibrio y puso el pie en el suelo. Sara fue la ganadora.

Resbaló con unas hojas secas y se cayó de rodillas, se puso en pie y se detuvo un momento para recobrar el aliento.

—¿Estás bien?

—Sí, sólo he resbalado.

Esperó un momento inclinada sobre sus rodillas y gritó sin levantar la cabeza:

—¡Charlie! ¡Charlie!

—¡Eoooo! ¡Charlieeeeee! —gritó Joe por encima de ella.

Sara sabía que Charlie gritaría a su vez si la oía, emitiría un largo gemido que a veces cuando se asustaba por las noches dejaba oír. Era un sonido tan familiar que por un momento creyó que lo había oído.

Esperó con una mano en el suelo hasta que estuvo segura de que no había respuesta.

—Vamos —le dijo Joe dándole la mano.

La ayudó para que se pusiera de pie y ella se quedó mirando a la cima de la colina. Con las máquinas habían cortado la tierra en ese punto para llegar a las vetas de carbón y habían echado la tierra colina abajo formando así un enorme terraplén.

—Nunca podré subir eso —exclamó Sara.

Se quedó apoyada contra un árbol cuyas hojas estaban cubiertas por una fina capa de suciedad que se había filtrado cuando las máquinas habían cortado la colina.

—Claro que sí. Yo lo he subido docenas de veces.

La cogió de la mano y ella empezó a subir detrás de él pisando de lado en el abrupto terraplén. La suciedad se derrumbaba bajo sus pies, ella resbaló y se raspó la piel de la rodilla, luego volvió a caerse. Cuando recobró el equilibrio se burló irónicamente y observó:

—Al final terminaré arrastrándote colina abajo.

—No, yo te agarro. Sigue subiendo.

Empezó de nuevo, poniendo un pie cuidadosamente por encima del otro pisando las piedras. Cuando se detuvo, Joe le dijo:

—Sigue subiendo, ya casi hemos llegado.

—Creo que me estás engañando, como cuando el dentista dice: «ya casi he terminado con el taladro». Cuando ha taladrado durante una hora más vuelve a decir: «ahora de verdad, casi hemos terminado» y sigue así durante un buen rato y dice de nuevo: «sólo un poquito más y prácticamente habremos terminado».

—Los dos debemos ir al mismo dentista.

—No creo que pueda llegar. Ya no me queda nada de piel en mis piernas.

—Tal y como dice tu dentista, prácticamente hemos llegado ya.

Sara se dejó caer boca abajo en la cima del sucio terraplén, descansó durante un momento y después se dio la vuelta y miró el valle.

DIECINUEVE

D urante un rato no pudo hablar. Allí estaba todo el valle como nunca hubiera imaginado, una ligera pincelada de civilización establecida en la extensión de un oscuro bosque. Las oscuras cimas de los árboles parecían que iban a apiñarse contra las casas y las calles; daba la impresión de que en cualquier momento los árboles podían abalanzarse sobre las casas como las olas sin dejar nada excepto una hilera intacta de hojas de color verde oscuro ondeando al sol.

Hacia un extremo podía ver el cruce donde iban a comprar, la farmacia, la gasolinera donde su madre ganó una vez un juego de dos docenas de vasos que tía Willie no les dejaba usar, la tienda de comestibles, el terreno donde aparcaban los autobuses amarillos del colegio durante el verano. Miró más allá del valle y vio otra colina donde había unas vacas blancas todas juntas agrupadas en el interior de una cerca y detrás de ésta, otra colina y luego otra.

Volvió a mirar hacia el valle y entonces vio el lago; por primera vez desde que había subido a la colina se acordó de Charlie.

Llevándose la mano a la boca gritó:

—¡Charlie! ¡Charlie! ¡Charlie!

Había un eco débil que parecía vacilar en sus oídos.

—¡Charlie! ¡Oh, Charlie!

Su voz era sin embargo tan fuerte que parecía introducirse en el valle.

Sara esperó una respuesta. Miró hacia abajo, el bosque y todo lo demás estaba tan tranquilo que le dio la impresión de que todo el valle, el mundo entero esperaba con ella.

—¡Charlie! ¡Eh, Charlie! —gritó Joe.

—¡Charlieeeeeee! —Hizo sonar Sara su nombre durante un largo rato y luego continuó—. ¿Puedes oírmeeeeee?

Con la vista, ésta siguió el camino que debería haber tomado Charlie: la casa de los Akers, el solar vacío, el viejo prado, el bosque. Éste parecía lo suficientemente poderoso como para tragarse a todo el valle, y se le ocurrió, desmoralizada, que con razón de más podría haber absorbido a un pobre niño.

—¡Charlie! ¡Charlie! ¡Charlie! —En la última sílaba se notaba ahora una vacilación que revelaba que estaba a punto de echarse a llorar. Miró la zapatilla india que todavía llevaba consigo.

—Charlie, oh, Charlie.

Esperó un rato y no se oía nada por ningún sitio.

—Charlie, ¿dónde estás?

—¡Eh, Charlie! —gritó Joe.

Ambos esperaron una respuesta en el mismo denso silencio. Una nube pasó delante del sol y el viento empezó a soplar entre los árboles. Luego hubo otra vez silencio.

—Charlie, Charlie, Charlie, Charlie, Charlie.

Luego Sara se calló, escuchó, se encorvó bruscamente y se puso la zapatilla de Charlie en los ojos. Esperó a que llegaran las calientes lágrimas que habían aparecido tan a menudo ese verano, las lágrimas que habían estado tan cerca hacía sólo un momento. Sin embargo ahora sus ojos seguían secos.

«He llorado tanto por mí, unas cien veces este verano —pensó—, por mis pies grandes, por mis piernas flacas, por mi nariz, incluso por mis estúpidas zapatillas, que ahora que estoy triste de verdad ya no me quedan lágrimas.»

Mantuvo la zapatilla por la parte del fieltro apretada contra sus ojos como una venda y se quedó así, notando el calor del sol en su cabeza y el viento golpeándole las piernas, consciente de su altura, mientras que el valle se extendía a sus pies.

—Oye, que no puedas escucharle no significa nada. Podría estar...

—Espera un minuto.

Sara se quitó la zapatilla de los ojos y miró al valle. Un repentino soplo de viento le dio en la cara y levantó la mano para protegerse los ojos.

—Creo que he oído algo. ¡Charlie! Contéstame ahora mismo.

Esperó apretando la zapatilla contra su pecho y tapándose con una mano los ojos, con todo su cuerpo inmóvil, concentrándose en su hermano. Luego se puso rígida. Creyó volver a oír algo, el largo gemido de Charlie. Cuando Charlie lloraba parecía más triste que nadie.

Con los nervios, cogió la zapatilla y la retorció una y otra vez como si quisiera escurrirle el agua. Siguió llamándole y luego repentinamente se calló y escuchó. Miró a Joe y movió la cabeza lentamente.

Luego miró a otra parte. Un pájaro salió volando de entre los árboles que había abajo y se dirigió hacia las colinas que se veían al fondo. Lo estuvo mirando hasta que lo perdió de vista mientras esperaba una respuesta que no se producía. Se dejó caer al suelo y se quedó sentada con la cabeza entre las piernas.

A su lado, Joe arrastraba el pie en la tierra y de un puntapié mandó una cascada de piedras y suciedad colina abajo. Cuando cesó el ruido siguió gritando una y otra vez:

—¡Charlie! ¡Eh, Charlie!

VEINTE

Charlie se despertó pero se quedó un rato con los ojos cerrados. No recordaba dónde estaba y tenía cierto miedo a descubrirlo.

Había enormes partes de su vida que Charlie no recordaba, espacios en blanco que nunca lograba llenar. Podía muy bien encontrarse en un lugar extraño y no saber cómo había llegado hasta allí. Como cuando hirieron a Sara en la nariz con una pelota de béisbol delante de la lechería; la sangre y ver a Sara de rodillas en el suelo indefensa ante el dolor, lo asustó tanto que salió corriendo sin rumbo y en su delirio se precipitó calle arriba de cabeza, ciego ante los coches y la gente.

Afortunadamente el señor Weicek lo vio, lo metió en su coche y lo llevó a casa, y tía Willie lo metió en la cama; más tarde no recordaba nada de esto. Cuando se despertó en la cama sólo miró el aplastado trozo de barquillo de helado que todavía tenía en el puño cerrado y se preguntó qué habría pasado.

Su vida entera se había desarrollado en la más estricta rutina y mientras ésta se mantenía, él se sentía sano y salvo. Las mismas comidas, la misma cama, los mismos muebles en el mismo lugar, el mismo asiento en el autobús del colegio, el mismo método en clase, eran muy importantes para él. Pero siempre podía ocurrir lo inesperado, la sorpresa terrible que podía derrumbar en un instante su vida tan cuidadosamente construida.

Lo primero que notó fue que unas ramas le presionaban la cara y puso su mano debajo de la mejilla. Siguió sin abrir los ojos. Una serie de imágenes empezaron a aparecer en su mente. Vio la caja de puros de tía Willie que estaba llena de viejas alhajas, botones y baratijas y se dio cuenta de que podía recordar todos sus objetos: el collar de bolitas blancas sin broche, los viejos pendientes, el librito con recuerdos de viejas fotos de Nueva York, los adornos de plástico de las tartas, la tortuga hecha con conchas de mar. Cada objeto era tan real que abrió los ojos y se quedó sorprendido al ver en lugar de los relucientes objetos de la caja, el sombrío y desconocido bosque.

Levantó la cabeza e inmediatamente notó que le dolía el cuerpo. Se sentó despacio y se miró las manos. Las uñas estaban negras, llenas de tierra y tenía dos rotas en carne viva. Se incorporó lentamente, se sentó en el tronco que había detrás y se miró los dedos más de cerca.

Luego se puso recto, dejó caer las manos sobre sus rodillas y ladeó la cabeza como un pájaro cuando escucha.

Poco a poco se fue enderezando hasta que se puso de pie. En su costado, los dedos se contrajeron como si quisiera agarrar algo. Dio un paso hacia adelante, todavía con la cabeza ladeada y se quedó completamente callado.

Entonces empezó a gritar con una voz ronca e irritada, una y otra vez. Ahora sus chillidos eran agudos porque acababa de oír a lo lejos que alguien gritaba su nombre.

VEINTIUNO

E n la cima de la colina, Sara se levantó y se quedó mirando al bosque. Se retiró el pelo de la frente y se mojó los labios. El viento se los había secado mientras esperaba una respuesta.

Joe empezó a decir algo, pero ella le apretó el brazo para impedírselo. Apenas podía dar crédito a sus oídos y se acercó aún más a la orilla del terraplén. Ahora no había ninguna duda, oía un grito agudo que se repetía una y otra vez y supo que se trataba de Charlie.

—¡Charlie! —gritó con todas sus fuerzas.

Luego se calló y escuchó unos gritos todavía más fuertes y se dio cuenta de que no se encontraba demasiado lejos, justo debajo, en la falda, en dirección al barranco.

—¡Es Charlie! ¡Es Charlie!

Se puso loca de alegría y empezó a dar saltos sobre la

tierra pelada y se percató de que si quería podía destruir la montaña entera simplemente saltando.

Se sentó y bajó precipitadamente por el terraplén, enviando por delante una cascada de tierra y guijarros. Aterrizó en un suelo blando, corrió una pequeña distancia, perdió el equilibrio, se agarró al primer tronco que encontró y se colgó de él hasta que se detuvo.

Gritó una vez más de alegría y corrió colina abajo dando grandes zancadas; sus zapatillas de tenis color pulga daban palmetazos en el suelo como si fueran aletas de goma, el viento le golpeaba la cara y sus manos se agarraban a un tronco después de otro para sujetarse. Se sintió como una criatura salvaje que había recorrido este camino durante una eternidad. Ahora nada podía detenerla.

Al llegar al barranco se paró para recobrar el aliento, su corazón latía tan fuerte que incluso podía oírlo y tenía la garganta seca. Durante un rato, se quedó con la cara apoyada contra la áspera corteza de un árbol.

Por un momento pensó que se iba a desmayar, lo que no le había ocurrido nunca antes, ni tan siquiera cuando se rompió la nariz. Hasta entonces no creía que la gente pudiera desmayarse realmente. No lo había creído hasta aquel momento en que tuvo que abrazarse a un arbol porque las piernas parecían volvérsele pura goma y no la sostenían.

Por entre el zumbido de sus orejas podía captar otro sonido, como el gemido de una sirena, que le resultaba terriblemente familiar.

—¿Charlie?

El lamento de Charlie se asemejaba al canto de un

grillo, daba la impresión de estar en todas partes y en ninguna.

Caminó hasta el borde del barranco, rodeando las grandes piedras y los árboles. Después miró en el barranco, en la sombra, y le pareció que el corazón le daba un vuelco cuando vio a Charlie.

Allí estaba, de pie, con su pijama roto, su cara levantada y sus manos alzadas gritando con todas sus fuerzas. Sus ojos estaban herméticamente cerrados. La suciedad y las lágrimas mezcladas formaban en su cara una especie de rayas. La chaqueta de su pijama le colgaba a tiras por la parte del pecho donde tenía unos rasguños.

Charlie abrió los ojos y, cuando vio a Sara, una extraña expresión se dibujó en su rostro, una expresión de asombro, alegría e incredulidad, y Sara pensó que aunque viviera cien años nadie podría volver a mirarla nunca así.

La muchacha se detuvo, lo miró y luego se deslizó sentada por el barranco y lo tomó en sus brazos.

—¡Oh, Charlie!

Sus brazos se agarraron a ella con fuerza.

—¡Oh, Charlie!

Sara notaba sus dedos en la espalda al agarrarse a su jersey.

—Ya está, Charlie, ya está. Todo va bien ahora. Estoy aquí y vamos a ir a casa.

Charlie ocultó su cara en el jersey y Sara le acarició la cabeza mientras le decía:

—Todo va bien, Charlie. Todo va bien.

Sara lo apretó contra su pecho durante un rato y ahora las calientes lágrimas asomaron a sus ojos y bajaron a sus mejillas y ni tan siquiera se dio cuenta.

—Sé cómo te sientes —le dijo—, lo sé. Una vez cuando estuve con sarampión y tenía mucha fiebre, me perdí al volver del cuarto de baño y estaba en nuestra casa; fue una sensación horrible porque quería volver a mi cama y no la encontraba y por fin tía Willie me oyó y vino, ¿y sabes dónde estaba?, en la cocina. En nuestra cocina y me sentía tan perdida como si estuviera en medio del desierto.

Ella le volvió a acariciar la cabeza y le dijo:

—Mira, incluso he traído tu zapatilla. Te he hecho un buen favor, ¿verdad?

Sara intentó enseñársela, pero todavía se agarraba a ella y ésta siguió abrazándole y acariciándole. Después de un rato le volvió a decir:

—Mira, aquí está tu zapatilla. Déjame que te la ponga.

Ella se puso de rodillas, le metió la zapatilla en el pie y preguntó:

—¿Ahora está mejor, verdad?

Él asintió lentamente con la cabeza, todavía entre sollozos.

—¿Puedes ir a casa andando?

Él volvió a asentir. Sara se puso bien el jersey, se secó las lágrimas y le sonrió.

—Vamos, encontraremos un camino para salir de aquí y llegar a casa.

—¡Eh, por aquí! —gritó Joe desde la orilla del barranco.

Sara se había olvidado de él con la emoción de haber encontrado a Charlie y lo miró un momento.

—Por aquí, por detrás del árbol grande —gritó Joe—. Seguramente entró por aquí. El resto del barranco está cubierto de zarzas.

Sara puso su mano en el hombro de Charlie y lo llevó rodeando el árbol.

—En el pueblo todo el mundo te está buscando, ¿lo sabías? —le comentó—, todo el mundo. Vino la policía y los vecinos colaboran. Puede haber unas cien personas buscándote. Hablaron de ti por la radio, ni que fueras el presidente de los Estados Unidos o algo por el estilo. Toda la gente decía: «¿Dónde está Charlie?» y «Tenemos que encontrar a Charlie».

De pronto Charlie se detuvo, levantó el brazo y Sara lo miró:

—¿Qué pasa?

Él señaló su reloj.

Sara sonrió.

—Sabes, Charlie, eres terrible. Procuramos darnos prisa en bajar para decirles a todos que te hemos encontrado y ahora nos tenemos que parar para dar cuerda a tu reloj.

Ella miró el reloj, vio que le faltaba la cuerda y meneó la cabeza diciendo:

—Charlie, está roto. Tendremos que llevarlo al relojero para que lo arregle.

Charlie siguió con el brazo levantado.

—Oye, Charlie, ¿quieres que te deje mi reloj hasta que te arreglen el tuyo? —le preguntó Joe que bajó por el terraplén y le puso el reloj en el brazo.

—Así.

Charlie acercó su cara a él y escuchó.

—¿Ahora podemos ir a casa? —preguntó Sara mientras se metía las manos en los bolsillos.

Charlie asintió.

VEINTIDÓS

A travesaron el bosque durante largo rato. Joe encabezaba la marcha, eligiendo los mejores senderos y Sara y Charlie lo seguían. De vez en cuando, Sara se daba la vuelta y abrazaba a Charlie, que olía a árboles, tierra y lagrimas. Sara le dijo:

—Todo el mundo se va a alegrar mucho de verte. Va a ser como en Noche Vieja.

Sara no lograba entender por qué se sentía tan bien de pronto. Era un enigma. El día anterior se había sentido muy triste. Le hubiera gustado poder huir de todo, como los cisnes que van a un nuevo lago. Ahora ya no seguía deseándolo.

Más abajo, el señor Rhodes, uno de los que participaba en la búsqueda, se estaba acercando a ellos y Joe le gritó:

—Señor Rhodes, Sara lo ha encontrado.

—¿Está bien?

—Sí, está bien. Sara lo ha encontrado y está bien. Está bien.

La voz se corrió colina abajo, del señor Dusty Rhodes, que pintaba coches en el garaje, al señor Aker, al que Sara no había reconocido.

Luego todos se les acercaban. Venían a acariciar a Charlie y decían a Sara: «Tu tía se va a poner muy contenta» o «¿Dónde estaba? o «Esta noche podremos dormir todos en paz».

Un gran grupo de personas llegó a través de los bosques. Allí, con la última claridad del día, en medio del viejo prado, estaban Sara y Charlie rodeados por todos.

De pronto Sara notó que algo se movía sobre ella. Miró hacia arriba y agarró a Charlie del brazo.

En ese mismo momento, pasaban los cisnes por enci-

ma volando con sus cuellos estirados y batiendo sus largas alas en el aire en una especie de vuelo torpe y ciego. Volaban tan bajo que Sara pensó que podrían chocar con los árboles, pero en el último momento se elevaron y pasaron casi rozando la cima.

—Mira, Charlie, mira, ésos son los cisnes. ¿Te acuerdas? Van a su casa.

Él miró al cielo sin comprender, incapaz de asociar los pesados y torpes pájaros con los elegantes cisnes que había visto en el agua. Volvió a echar otro vistazo al cielo y luego miró a Sara extrañado.

—Charlie, ésos son los cisnes, ¿recuerdas?, en el lago.

Y luego le dijo mirándole fijamente:

—Ahora se van a casa. ¿No te acuerdas? Estaban...

—¡Eh! Ya viene tu tía, Charlie. Ahí viene tía Willie.

Sara seguía de pie agarrando del brazo a Charlie, dirigiendo su mirada hacia el cielo. Para ella era muy importante que Charlie viera otra vez los cisnes y le siguió comentando:

—Charlie, ésos son...

En lugar de mirar al cielo, Charlie miró a través del campo, se separó de Sara y empezó a correr. Sara también empezó a correr detrás suyo, pero luego se detuvo. Tía Willie con su vestido verde parecía brillar como un faro y él se apresuró para llegar junto a ella, una figura torpe en pijama azul roto que arrastraba los pies a través de la alta hierba.

Se oyó un chillido alegre que Sara pensó que procedía de los cisnes, pero luego se dio cuenta de que venía de Charlie, porque los cisnes estaban silenciosos.

—Aquí está, Willie —gritó el señor Aker corriendo detrás de Charlie para participar en el encuentro.

Tía Willie venía tan de prisa como se lo permitían sus piernas.

—Creí que nunca volvería a verle —decía en voz alta pero hablando para sí—. Creí que estaba en la mina. Pensé que nunca volvería a verle. Charlie, ven con tu tía Willie.

Charlie corría como una pelota que rueda colina abajo, botando por la pendiente.

—De verdad os digo que ha sido el día más negro de mi vida —decía con voz entrecortada tía Willie—, e incluyo todos los días que he vivido sobre la tierra. Charlie, mi Charlie. Déjame que te mire. ¡Oh! Pareces un adefesio.

Charlie se arrojó a los brazos de tía Willie y ésta dijo con lágrimas en los ojos al señor Aker:

—Le deseo que nunca pierda a su Bobby, es lo único que se me ocurre, que nunca pierda a su Bobby, que ninguno de ustedes pierda a nadie, ni en los bosques, ni en la mina, ni en ninguna otra parte.

Sara permaneció de pie en el prado, junto a la vieja chabola y observó cómo desaparecían los cisnes sobre la colina y luego miró a Charlie y a tía Willie que también desaparecían entre la gente. Sara se sintió libre y feliz y se le ocurrió que si empezaba a bajar la colina en ese momento, lo haría con los ligeros movimientos de una marioneta, sin tocar el suelo para nada.

Pensó que lo mejor sería sentarse durante un rato, ahora que todos se habían ido, pero cuando miró a su alrededor vio a Joe Melby que permanecía a su lado.

—Creí que te habías ido con los demás.

—No me he ido.

—Ha sido un día muy raro para mí.

—También ha sido uno de mis días más extraños.

—Bueno, tal vez debiéramos volver a casa.

Joe caminó un rato a su lado, luego se aclaró la garganta y le preguntó:

—¿Te gustaría ir a la fiesta de Bennie Hoffman conmigo?

Por un momento, Sara creyó que no había oído bien o si había oído bien entonces se trataba de una equivocación como cuando oyó a aquel chico que gritaba a Rosey Camdon: «¡Eh, preciosidad!»

—¿Qué?

—Te he preguntado si quieres venir conmigo a la fiesta.

—No me han invitado.

Sara se puso a pensar en los cisnes. Para entonces, tal vez podrían divisar el lago de la universidad y estarían a punto de posarse en el agua batiendo fuertemente sus alas y encrespando sus plumas. Casi podía imaginarse el largo y perfecto planeo que los llevaría al agua.

—Yo te estoy invitando. Bennie me dijo que podía llevar a alguien si quería. Es más, me pidió que llevara a alguien. Sammy, John, Pete y él han formado un grupo musical y van a tocar esta noche para todos.

—Pues no sé.

—¿Por qué no? Aparte de tener que escuchar lo mal que toca la guitarra Bennie Hoffman. Apenas ha recibido un par de clases...

—Pues...

—No es tan complicado, sólo hay que sentarse en el

patio de Bennie Hoffman y ver cómo estropea una guitarra de unos doscientos dólares y un amplificador.

—Bueno, creo que podré ir.

—Iré a buscarte dentro de media hora. No importa que lleguemos tarde. Las últimas cincuenta canciones sonarán casi igual que las cincuenta primeras.

—Estaré preparada.

VEINTITRÉS

Cuando Sara subía por la senda, Wanda estaba sentada en el porche.

—¿Qué ha ocurrido aquí? ¿Dónde está Charlie?

—Ya lo hemos encontrado. Está con tía Willie.

—¿Sabes cómo me he enterado de que se había perdido? Por la radio del coche cuando volvía a casa. ¿Cómo crees que me ha sentado oír a un locutor que mi propio hermano había desaparecido? He llegado hasta aquí a duras penas porque ahí abajo había unos cien coches llenos de gente que atascaban la calle.

—Bueno, Charlie está bien.

—Eso ya me lo ha dicho el señor Aker, pero me gustaría verle y enterarme de lo que ha pasado.

—Pues que se ha levantado durante la noche para ir a ver los cisnes y ha terminado llorando en un barranco.

Wanda salió del porche y miró al otro lado de la calle, inclinándose para ver más allá del follaje de la valla y dijo:

—¿Están ahí en el porche de los Carson?

Sara miró y luego asintió con la cabeza.

—Francamente es el colmo, Charlie todavía con su pijama y tía Willie con su vestido verde y con un pañuelo atado alrededor de la frente para impedir que le caiga el sudor, y ambos comiendo sandía.

—Por lo menos está bien.

Wanda empezó a bajar la senda, pero se detuvo.

—¿Quieres venir?

—No, voy a ir a una fiesta.

—¿De quién?

—De Bennie Hoffman.

—No creí que estuvieras invitada.

—Voy con Joe Melby.

—¿Joe Melby? ¿Tu gran y terrible enemigo?

—No es mi enemigo, Wanda. Es una de las personas más agradables que conozco.

—Durante tres meses te he oído hablar de lo perverso que es Joe Melby. Joe Melby, el ladrón; Joe Melby, el cerdo; Joe Melby, el...

—Una persona —cortó Sara fríamente—. ¿Acaso una no se puede confundir?

Entonces se dio la vuelta y se fue a la sala, vio a Boysie durmiendo y le dijo:

—Boysie, hemos encontrado a Charlie.

Se inclinó y lo acarició detrás de las orejas. Luego fue a la cocina y se preparó un bocadillo. Se dirigía hacia la habitación cuando sonó el teléfono.

—Dígame —contestó con la boca llena.

—Es una conferencia para la señora Willamina Godfrey —dijo la telefonista.

—Está aquí al lado. Si espera un minuto, voy a buscarla.

—Telefonista, simplemente quiero hablar con alguien.

Sara oyó la voz de su padre y se apresuró a decir:

—No, voy a buscarla. Espere un minuto, no tardaré mucho. Está aquí al lado.

—¿Sara? ¿Eres tú?

—Sí, soy yo.

La extraña sensación invadió a Sara de nuevo y siguió diciendo:

—Si esperas un minuto voy a buscar a tía Willie.

—¿Sara, habéis encontrado a Charlie?

—Sí, le hemos encontrado, pero no me importa ir a buscar a tía Willie. Está en el porche de los Carson.

—¿Está bien Charlie?

—Sí, está bien. En este preciso momento está comiendo sandía.

—¿Dónde estaba?

—Pues subió a los bosques y se perdió. Lo hemos encontrado en un barranco; estaba sucio, cansado y hambriento, pero ya está bien.

—Magnífico. Yo pensaba ir esta noche a casa si no le hubierais encontrado.

—¡Oh!

—Pero como todo está en orden, creo que esperaré hasta el fin de semana.

—Claro.

—Entonces, seguramente te veré el sábado, si no ocurre nada raro.

—Está bien.

—Acuérdate de decir a tía Willie que he llamado.

—Lo haré.

Entonces una imagen del sonriente hombre de pelo rizado y un diente roto de la fotografía del álbum vino a su mente. Luego se imaginó la vida como una serie de escalones enormes y desiguales y se vio a sí misma en esos escalones, de pie, inmóvil, con su jersey con la frase de la cárcel impresa; justo entonces llegó a un escalón fuera de la sombra y allí se encontraba de pie, esperando. Había otros escalones enfrente y podía llegar hasta el cielo. Vio a Charlie en una especie de recorrido de pequeños y difíciles escalones y a su padre abajo del todo, simplemente sentado sin intentar ir más de prisa. En esos escalones de un blanco intenso vio a todas las personas que conocía, y por un momento todo estaba más claro que nunca.

—¿Sara?

—Todavía estoy aquí.

—Todo lo que quería saber era si Charlie estaba bien.

—Está bien.

—Te veré el sábado si no ocurre nada.

—Claro.

—Adiós.

Se sentó durante un rato con el auricular todavía en la mano, después lo colgó y terminó su bocadillo. Lentamente se quitó las zapatillas de tenis y se miró los pies que estaban teñidos de azul. Luego se levantó rápidamente para prepararse para la fiesta.

Betsy Byars

Nació en Charlotte (Carolina del Norte, EEUU), donde vivió hasta que terminó los estudios. Es una de las autoras más valoradas y populares en su país. Su visión de la realidad, que no rehuye problema alguno, la ha hecho merecedora de importantes premios, entre los que destacan la Medalla «John Newbery» y el Premio del Libro Americano. Su dedicación a la literatura no le impide complacerse en sus aficiones, como volar en un antiguo aeroplano por los alrededores de Clemson (Carolina del Sur), donde reside.